Heide- Brigitte Binner

...das schöne Papier!
prosaisch Poetisches zur Weihnachzeit

Books on Demand GmbH Norderstedt

Danksagung

Dieses Buch wäre nicht ohne das Zutun meiner drei wunderbaren Töchter Katharina, Susanne und Henriette sowie der Schwiegersöhne Clemens und Stefan entstanden.
Für sie und unsere Adventsnachmittage habe ich diese Geschichten geschrieben und alle halfen unter Einsatz ihrer verschiedenen Begabungen, dass daraus dieses Buch werden konnte.
Dazu halfen viele Freunde beim Ausmerzen der vielen Komma, Rechtschreib- und Satzfehler.
Lieber Leser, bitte sieh über die hinweg, die sich noch immer in den Texten verstecken.

Heide Binner

ISBN 978 3 7412 72943

Alle Rechte vorbehalten

Herstellung und Verlag:

BoD - Books on Demand, Norderstedt, 2016

www.bod.de

Illustrationen und Einbandgestaltung:

Katharina Binner und Susanne Binner

Die wahre Geschichte

Herr Luther sagt: „Es ist der **Christ,**
von dem das Gute kommen ist.
Ihn wollen wir zum Christfest loben,
bringt er das Heil uns doch von droben."

Seither trägt nicht mehr **Nikolaus**
für's brave Kind die Gaben aus.

Das **Christkind,** das nun in den Stuben
für alle Mädchen und auch Buben
als Gabenbringer gilt, trägt schwer,
denn die Geschenke wurden mehr.

Da ist es billig nur und recht,
dass ihm jetzt hilft ein treuer Knecht,
Ruprecht geheißen, stark und streng.
Für manche Kinder wird's nun eng -
dem Bösen droht er mit der Rute,
Gaben erhält nur noch das Gute.

Indessen kommt der Nikolaus
zurück zum Fest als **Santa Claus,**
per Rentierschlitten aus dem Norden,
ist er zum Weihnachtsmann geworden.

Und die Moral von der Geschicht':
Alle gäb's ohne Christus nicht!

Inkognito

„Frau Blum, wir haben uns den Weihnachtsurlaub redlich verdient. Fahren Sie den Computer herunter und selbst nach Hause. Ich gehe jetzt auch und mache Urlaub von Weihnachten."

Direktor Kiesling von der Niro-Stahl AG wollte nichts mehr hören und sehen. Fast täglich hatte er neben dem üblichen Bürokram, den Sitzungen und Terminen, einer Weihnachtsfeier beiwohnen müssen. Auch heute, am 22.Dezember hatte er noch einen „Auftritt" bei einer Aktionärsfeier gehabt. „Wenn ich jetzt nur noch einen Pfefferkuchen essen muss, bekomme ich es an der Galle, Blümchen", stöhnte er, ergriff seinen Hut und war entschwunden – wie immer über Weihnachten, mit unbekanntem Ziel und ausgeschaltetem Handy.

In der Tiefgarage bestieg er seinen Wagen, startete ihn und sang aus vollem Halse: „Komm lieber Mai und mache"... Endlich privat, ohne Verpflichtung, einfach Walter Kiesling.

Nicht einmal eine Familie würde Ansprüche an ihn stellen. Seine Frau und er hatten sich schon vor Jahren getrennt, die Kinder, alle erwachsen, lebten mit eigenen Familien und würden am Heiligen Abend großzügige Schecks von ihm erhalten. Für seine Weihnachtsgeschenke hatte er während des vergangenen Jahres selbst gesorgt: Bücher, CDs und den einen oder anderen Film auf DVD - lauter Dinge, für die er nun Zeit haben würde, auf die er sich freute.

Walters Fluchtburg lag 50 Autominuten von seinem Wohnort entfernt, ganz einsam am Ende eines kleinen Dorfes, so als gehöre es gar nicht mehr dazu. Einst *Tante Lottis Sommerhaus,* hatte er es vor vielen Jahren geerbt, Heizung und Bad einbauen lassen aber nie den Namen an der Gartenpforte geändert. Hier in diesem einsamen Ort sprach man von ihm nur als „Lottis Erben". Doch wer war die kleine rundliche Dame, die man hin und wieder im Garten gesehen hatte? Nichts Genaues wusste keiner. Besagte Dame war Walters Haushälterin. Wie auch in den voran gegangenen Jahren, hatte sie Haus und Garten gut in Schuss gebracht, großzügig für Vorräte gesorgt - feste und flüssige — und dann ihren eigenen Weihnachtsurlaub angetreten. Sieben Tage würde Walter nur sich als Gesellschaft haben.

Mit einem wohligen Aufseufzen zerrte er den Schlips vom Hals, zog das Jackett aus, schlüpfte in bequeme Latschen, goss sich einen dreifachen Cognac ein, trat vor den großen Garderobenspiegel und prostete seinem Gegenüber zu: „Zum Wohl, Walter, mit dir trinke ich am liebsten."

Die nächsten zwei Tage verliefen so, wie er es sich erträumt hatte: Schlafen, lesen, Musik hören, kein Telefon, keine Nachrichten, keine Post. Er lebte wie auf einer einsamen Insel, nur komfortabler, dafür genauso unrasiert. Trotz aller Isolation würde er irgendwann am Nachmittag ein Päckchen vor seiner Tür finden. Seine Haushälterin, die gute Seele, würde es wieder nicht über sich bringen, ihn am Weihnachtsabend ohne Geschenk und Tannenzweig sitzen zu lassen. In jedem Jahr verbat er sich diese Aufmerksamkeit, doch sie entgegnete immer: „Lassen sie's mal gut sein, Herr Direktor. Das muss ich für meinen Weihnachtsfrieden tun. "

Und da er sich gegenüber ehrlich war, gestand er sich ein, dass ihm diese nette Geste inzwischen viel bedeutete.

„Du bist kindisch Walter", beschimpfte er sich selbst, als er gegen Mittag verstohlen zur Gartenpforte sah, ob da vielleicht schon...

Erst nach drei Uhr, es begann eben zu dämmern, glaubte er ein Auto halten zu hören und sah kurz darauf eine Gestalt etwas an seiner Pforte abstellen.

Er wartete nur bis der Wagen um die Ecke gefahren war, dann lief er erwartungsvoll wie ein Bub in den Garten. Der lockere Schnee kam ihm von oben in die Hausschuhe, als er die ersten Spuren in den seit gestern fallenden Schnee trat. Gerade als er das Päckchen ergriffen hatte, ließ ihn ein leises Klicken erstarren - die Haustür hatte sich geschlossen.

Nicht druckreife Worte waren alles, was ihm einfiel. Da stand er, ohne Schlüssel, ohne Jacke, mit nassen Füßen und einem Päckchen in der Hand im tief verschneiten Garten am Ende der Welt, noch dazu zu einem Zeitpunkt, an dem die meisten Menschen dieses Landes sich zur Kirche oder an den festlichen Kaffeetisch begaben. Was tun?

„Schlüsseldienst, natürlich!" Erleichtert fiel ihm diese Möglichkeit ein. „Die müssen doch auch heute einen Notdienst haben." Gewohnheitsmäßig griff er in die Hosentasche nach seinem Handy– doch das lag ausgeschaltet im Haus. Irgendjemand im Ort würde ja ein Telefon haben. Erneut öffnete er das Gartentor. Hier draußen waren die meisten Häuser nur im Sommer bewohnt und so musste er mehrere Grundstücke weit laufen, bis er endlich zu einem bewohnten Haus kam.

Niemals zuvor hatten fremde, erleuchtete Fenster und ein rauchender Schornstein solche Sehnsucht nach Geborgenheit in ihm ausgelöst wie jetzt. Gleichzeitig aber sträubte sich alles in ihm, in Hemdsärmeln und Puschen vor einer fremden Tür zu stehen und sein Malheur zu schildern. Noch dazu heute, jetzt!

Seine Schritte verlangsamten sich und mit hängenden Schultern starrte er sehnsuchtsvoll zu dem warm leuchtenden Fenster.

„Fenster! Was bin ich doch für ein Trottel! Fenster kann man einwerfen, noch dazu, wenn sie einem selbst gehören." Beschwingten Schrittes eilte er den Weg zurück. Seine ohnehin klammen Finger wurden noch steifer, weil er nun bemüht war, einen Schneeball steinhart zu kneten. Dann umrundete er sein Haus. Unter dem Aspekt, welches Fenster sich am günstigsten zum Einsteigen eigne, hatte er es noch nie betrachtet und je länger er um das

Häuschen herum ging, desto weniger wollte er eines der unteren Fenster einschlagen. Wer weiß schon, wann der Glaser...? Eher das kleine am Giebel...

Eine Leiter war weit und breit nicht zu finden. Erneut machte sich Walter auf den Weg zu seinem entfernten Nachbarn, der Schlüsseldienst würde eben doch herkommen müssen. Da bot ihm das Schicksal noch eine Chance. Nur zwei Grundstücke weiter lehnte eine Leiter vergessen an einem Birnenbaum. Der Gartenzaun bot nur eine symbolische Hürde. Auf seinem Weg zum Baum entdeckte Walter noch etwas Wundervolles: Neben einem überdachten Schuppentor hing eine alte Joppe, speckig und mit einem Dreiangel, war sie zweifellos kein Wertobjekt, jedoch hier und jetzt ein sehr willkommenes Kleidungsstück. Auch ein paar verkrustete alte Stiefel standen neben der Schuppentür. Alles war besser als nasse Hausschlappen und keine Jacke. So gewandet, schulterte Walter die Leiter und dachte übermütig. „Wenn mich jetzt einer sehen könnte..." Die Leiter reichte genau ans Giebelfenster.

Er war schon bis zur halben Höhe geklettert als ihm einfiel, dass man zum Einschlagen einer Scheibe einen Stein oder Stock brauchen könnte. Also begab er sich wieder hinunter und suchte einen schönen starken Knüppel. Fündig geworden hatte er fast das Fenster erreicht, als eine Stimme an sein Ohr drang:

„Also *ich* würde das lassen. Weihnachten bricht man nicht ein. Komm mal ganz schnell runter, Freundchen!"

Erschrocken ließ Walter den Knüppel fallen, doch dann fing er sich ganz schnell. Am Fuß der Leiter erblickte er im Dämmerlicht einen Mann mit seinem großen Hund.

„Was heißt hier einbrechen Mann, ich will nach Hause. Aber vielen Dank, dass sie so gut auf mein Hab und Gut achten. Gehen sie ruhig weiter, hier geht alles seinen richtigen Gang."

Alles andere als beruhigt entgegnete der Hundebesitzer: „Ach nee, ich will ihnen mal was sagen, heute ist der 24. Dezember und nicht der erste April. Können sie sich ausweisen oder soll ich die Polizei holen?"

Walter sah plötzlich ein, wie aussichtslos alles Beteuern sein würde. Seine Gewandung, die Leiter, das völlig dunkle Haus, kein Name, der ihm gehörte am Gartentor, dazu kam, dass ihn hier niemand kannte. Resignierend stieg er von der Leiter. Die Polizei erschien ihm nicht mehr als Bedrohung. Die Aussicht auf eine warme Wachstube hatte sogar etwas ganz Verlockendes. So sagte er: „Ach bitte, rufen sie die Polizei. Das ist eine großartige Idee."

Der Mann führte ihn zu seinem Haus, befahl dem Hund Walter zu bewachen, während er telefonieren wollte, und nach zehn Minuten näherte sich ein Funkwagen mit Blaulicht und Martinshorn. Ohne Widerrede ließ sich Walter zur Wache bringen. Dort, in der warmen Stube, kam die ganze Erschöpfung der letzten halben Stunde über ihn. Er zitterte so sehr, dass er seinen Namen dreimal sagen musste. Der sonst so gewandte und selbstsichere Herr Direktor war zu einer so mitleiderregenden Gestalt zusammengeschrumpft, dass ihn die Beamten erst einmal mit einem Grog auftauen mussten. Schluck für Schluck strömten die Lebensgeister in Walter zurück und mit ihnen seine Überzeugungskraft. Schließlich erkannten selbst die Beamten, dass es sich bei ihm nur um einen Ausgesperrten und somit um keinen Fall zum Einsperren handelte.

Die Streifenwagenbesatzung holte sogar sein Weihnachtspäckchen, das noch immer vor der verschlossenen Haustür stand. Walter verteilte die Leckereien als Belohnung, denn jeder versuchte ihn mit dem Bericht von einer anderen Weihnachtskalamität zu trösten. Bei der Polizei passieren nämlich selbst am Heiligen Abend die unheiligsten Geschichten, *Stille*

Nacht- Heilige Nacht ist dort noch seltener, als man denkt. Aber an diesem Heiligen Abend war es eben anders. Nur selten hatte Walter sich so angenommen, umsorgt, so geborgen gefühlt. Der Mann vom Schlüsseldienst kam ihm fast ein wenig zu schnell.

Daheim, in seiner selbst gewählten Einsiedelei schien es ihm, als erdrücke ihn die Stille. Wieder goss er einen 'Dreistöckigen' ein und suchte die Gesellschaft seines Spiegelbildes. „Ab morgen sollen sie mich kennen lernen", versprach er sich.

„Zuallererst werde ich mit einem 'Fläschchen' vor der Tür meines aufmerksamen Nachbarn stehen und mich bedanken."

Kommt er?

Wieder steht das Weihnachtsfest
ganz dicht vor der Tür –
jeder stellt sich darauf ein,
tut das Seine für.
Damit es gelingen wird,
spart niemand am Geld –
jetzt zählt nur, was Freude macht,
schmeckt oder gefällt.

Wer kann, trägt etwas dazu bei:
Basteln, Schmücken, Kochen -
hofft auf den, der alles krönt
während dieser Wochen.
Schließlich heißen die *Advent* –
also kommt wer an –
was, ich hab mich umgehört –
Vieles seien kann:

Für die einen ist 's der **Schnee** –
so schön stimmungsvoll -
Weihnachtsmann mit vollem Sack,
fänden Kinder toll –
Frieden reichte andern schon –
einmal keinen Zwist –
Aber rechnet ernsthaft wer
denn mit *Jesus Christ?*

Käm' **der** Heilig Abend an,
müsst' er sicher hören,
sein Kommen heut' passt nicht recht,
es würd' eher stören,
denn man sei gern unter sich,
das sollt' er verstehen.
Nach dem Fest hätten wir Zeit,
da könnt' man sich sehen.

Gottes Wege sind seltsam

Fröhlich pfeifend packte Bert das Auto.

Neben ihm stand Karin, seit drei Monaten seine „bessere Hälfte", wie es im Volksmund immer so schön heißt. Dabei war sie gar nicht besser als er. Eben das hatte sie ja zusammen gebracht.

„Hast Du auch wirklich alles eingepackt?" Kritisch besah sie sich den randvollen Kofferraum. „Alle Geschenke für Oma, Opa, Tante Lucie, für Mutter und deine Brüder?"

Er sah noch einmal genauer nach. Nicht auszudenken, wenn sie beide dort wären und die liebevoll eingekauften Dinge hier. War alles schon vorgekommen. Mit solchen Pannen ist es leider nicht so, wie mit den Masern: einmal und nie wieder. Nein, eher wie mit Scharlach, je schlimmer er auftritt, desto länger hält die Immunität.

Das mit dem vergessenen Geschenk vom Vorjahr konnte man getrost mit einer ganz schlimmen Form von Scharlach vergleichen. Ausgerechnet Tante Lucies Geschenk hatte er im Flur stehen lassen. Es war das Sammelgeschenk aller Familienmitglieder gewesen.

„Ich besorge das Lesegerät für uns alle. In der Großstadt habe ich ja viel bessere Möglichkeiten, als ihr auf dem Land", hatte er getönt.

Endlich würde Tante Lucie wieder ihre geliebte Zeitung lesen können, das Fernsehprogramm und die Bibel. Ein tolles Gerät, das neueste, was die Technik hergab. Sie hatten alle viel dazu gegeben, keiner hatte sich lumpen lassen. Die ganze Familie freute sich schon so darauf, dass Tante Lucie ihnen die Weihnachtsgeschichte vorlesen würde. Zwar kannte sie die notfalls auch auswendig, aber damit würde sie sie auch wieder lesen können.

Und dann...

Die Erschütterung der gesamten Familie über seine Schusseligkeit war unbeschreiblich, die Folge konsequent: Kein Lesegerät von ihm - kein Heiliger Abend für ihn. Da gab es gar nichts zu überlegen - rein ins Auto und zurück.

Bei dem Verkehr, der zum Beginn des Festes herrschte, dürften Hin- und Rückweg nicht unter drei Stunden zu schaffen sein. Es würde mehr *'Heilige Nacht'* sein, bis er wiederum unterm Christbaum stünde.

Was sein muss, muss sein! Alle waren unerbittlich.

Schon dunkelte es. Jedermann strömte dem Ort seiner Feier entgegen. Die Autobahn war voll wie ein Weihnachtsgottesdienst, nur von *Friede auf Erden* - keine Spur.

„Wo nehmen die alle nachher nur ihren feierlichen Gesichtsausdruck her?", dachte Bert bei sich. In den meisten Autos schauten gehetzte Gesichter übers Steuerrad. Dazu kam noch ein trüber Nieselregen auf.

Man musste sich schon auskennen, sonst wäre man nie auf die Idee gekommen, dass das schönste und heimeligste aller Feste in diesem Land zu dieser Stunde begangen wurde.

Alle bekannten Klischees fehlten hier: Kling-Glöckchen, leise rieselnder Schnee, vor Erwartung große Kinderaugen, rote Wangen, strahlende Lichter, süße Düfte - nix da -, statt dessen rauschende Reifen, blendende Lichthupen, quietschende Bremsen,

stinkende Auspuffe und unzweideutige Gesten in Richtung Stirn, nee!
„Fest der Liebe, wo biste?"
Auch Bert selber war weit entfernt von holden Festgedanken. Wut war die in ihm vorherrschende Empfindung. Wut auf sich, auf seine unerbittliche Sippe, auf den Architekt seiner Wohnung- Nischen im Flur!!! Die luden ja geradezu dazu ein, etwas zu vergessen! Wut auf Tante Lucie, weil die ein Lesegerät brauchte...
„Halt Bert, nun ist aber Schluss! Komm auf den Boden zurück, du alter Esel". Er rief sich selbst zur Ordnung. „Was man nicht im Kopf hat, muss man eben in den Reifen haben. Sing dir eins oder lass andere singen."
Er fummelte am Radio herum. Weihnachtliches klang aus dem Lautsprecher und sogleich veränderte sich seine Stimmung.
„Jetzt noch eine Tasse Kaffee und ich bin ein ganz neuer Mensch", dachte er bei sich und steuerte das nächste Rasthaus an.
Am Tresen langweilte sich eine Kassiererin. Der Kunstbaum versuchte verzweifelt gegen die Öde der leeren Stühle anzukämpfen. Aus dem Lautsprecher tönten auch hier die obligaten Weihnachtslieder und Bert wollte gerade an der Kasse seinen Kaffee bezahlen, als eine total verheulte junge Frau das Restaurant betrat und lauter, als es für eine Dame üblich ist, nach einem doppelten Cognac verlangte.
„Ach was, geben sie mir ruhig einen vierfachen, heute fahre ich sowieso keinen Meter mehr." Mit diesen Worten setzte sie sich an einen Tisch, ungeachtet dessen, dass dieses ein Selbstbedienungsrestaurant war, legte den Kopf auf die Tischplatte und weinte erneut, dass ihr ganzer Körper bebte.
Bert füllte noch einen Kaffeepott, bezahlte beide und setzte sich zu dem Häufchen Elend.

„Vorhin ist mir auch mehr nach Cognac, als nach Kaffee gewesen", sagte er, „aber so 'n Kaffee bringt einen besser auf die Beine. Wollen sie mir erzählen, was sie so traurig macht?".

Schniefend blickte die junge Frau hoch und sagte, schon wieder schluchzend: „Wozu? Sie sind ja auch 'n Mann. Sie verstehen das sowieso nicht."

Das traf ihn. *Das* wollte er nicht auf sich sitzen lassen. Zur Bescherung daheim kam er ohnehin zu spät, vielleicht konnte er ja jetzt und hier ein wenig Trost schenken, dabei gleichzeitig dieses lästige Vorurteil gegen sein gesamtes Geschlecht ausräumen.

„Soll ich Ihnen erzählen, warum ich hier bin? Eigentlich gehöre ich jetzt nämlich unter einen Weihnachtsbaum. Sie doch sicher auch, oder?"

„Da war ich schon", schluchzte sie ihm ins Wort, „aber leider war *nur* ich da, und nicht unser Geschenk für seine Mutter." Schluchzen, Beben, Schniefen...

„Ach, hatten sie sich auch verpflichtet, das Sammelgeschenk einzukaufen?" Bert erzählte von seiner Panne. Mit jedem Wort versiegte eine ihrer Tränenquellen. Ungläubig starrte sie ihn an.

„Die haben Sie kaltschnäuzig zurückgeschickt, um das Ding zu holen?"

„Jawohl, darum bin ich jetzt hier. Sind sie nicht aus dem gleichen Grund unterwegs?"

Mit dieser Frage hatte Bert erneut einen Staudamm durchbrochen.

Erst nach einem weiteren Kaffee und vielen Taschentüchern hörte er vom Verlauf ihrer Familienfeier: Gemeinsame Anreise der Verlobten zum Hause seiner Eltern. Glücklicherweise in ihrem Auto. Sonst... (Schluchzen), Aufbau der vielen Päckchen für seine umfangreiche Familie unter der festlichen Saaltanne im Musikzimmer. Mit jedem Stück, das ihre großen Taschen verließ, wurde seine Miene immer fragender und endlich, nachdem auch das letzte Päckchen dort einen Platz gefunden hatte, zog er sie zum Verhör ins Nebenzimmer:

„Du hattest doch gesagt, dass *alle* Geschenke im Auto sind. Wo ist Mutters Perlenkette?" Schuldbewusst war sie hinausgerannt, sie zu suchen, hatte aber bald erkannt, dass sie das Schmuckkästchen wohl auf ihrem Frisiertisch vergessen hatte. Gleich morgen früh wollte sie es holen. Sicher würde ihre Schwiegermutter das verstehen.

Ihr Verlobter hatte sie im Flur abgefangen und sich dort in einem endlosen Sermon über die Unzuverlässigkeit des weiblichen Geschlechts im Allgemeinen und ihrer Person im Besonderen, ergangen. Als Edwin dann auch noch die Last der kommenden Jahre beklagte, die ihm mit so einer schusseligen Person wohl bevor stünden, hatte sie ihm den Ring an den Kopf geworfen, der Familie schöne Grüße ausrichten lassen und war zum Auto gerannt. Nun war sie hier und würde dorthin nie wieder zurückkehren!

Brauchte sie auch nicht.

Den Rest des Weihnachtsabends verbrachten sie gemeinsam bei Berts Familie und würden es, so Gott will, auch in den nächsten fünfzig Jahren tun.

Weihnachtliche Reimspiele

Zum Fest des Kindes in der Krippe
kauft man Geschenke für die Sippe:
Der Opa kriegt von uns 'ne Schippe,
Papa 'nen Ascher für die Kippe,
klein Basti wünscht sich eine Wippe,
Mama ein Buch über Xanthippe,
Nina, die alte Quasselstrippe,
hätt' gern ein Handy an der Lippe -
Tantchen will nichts – und kriegt die Grippe.

        Kerzen, Kugeln, Plätzchen -
        am Ofen schläft das Kätzchen -
        es weihnachtet, Schätzchen !

Lichtlein, Engel, Tannenzweig-
Liebes Kindlein bitte schweig`,
Mutter knetet Stollenteig.

        Äpfel, Nüsse, Lichterketten-
        Seht, Frau Holle schüttelt Betten.
        Alle Kinder freu'n sich! Wetten?

Nougat, Fondant, Marzipan -
Gutes Christkind denke dran,
Bargeld kommt am besten an.

        Glimmer, Flitter, Rauschegold -
        Ach, wie lacht das Kindlein hold-
        Hat bekommen, was es wollt'.

Kindermund:
Du nennst ganz keck dich Santa Claus
und siehst wie Onkel Willi aus.
Rück ganz schnell die Geschenke raus!
        fordert Heide Binner

...nur in netter Gesellschaft

In jedem Jahr nehme ich mir zum Fest vor
> -nicht zu viel einzukaufen,
> - nicht zu viel zu essen,
> - nicht zu viel zu trinken,

und in jedem Jahr übertreffe ich meine schlimmsten Befürchtungen!
Der Geist ist willig, aber...
Für das Fest dieses Jahres rechnete ich mir jedenfalls gute Chancen aus, weil nämlich alles ganz anders sein würde als zuvor: In diesem Jahr sind wir zum Weihnachtsfest erstmals nicht mit unseren Kindern zusammen und meinem Bruder geht es ebenso. Deshalb werden wir mit ihm und seiner Frau, den Schwiegermüttern unserer Töchter und meiner verwitweten Freundin Vera den heiligen Abend verbringen.

Die Tatsache, dass wir dieses Familienfest ohne unsere Kinder begehen müssen, hat mich anfänglich sehr traurig gemacht. Doch ließ sich das nicht ändern.

Seit Petras Mann einen Arbeitsplatz in Frankfurt am Main angenommen hat, sehen wir die beiden nur selten, außerdem verbringen sie die Feiertage in diesem Jahr sowieso turnusmäßig bei den Schwiegereltern in Köln. Unsere andere Tochter, Gabi, ist mit ihrem Sven in den Weihnachtsurlaub nach Gran Canaria geflogen.

Wie man den heiligen Abend unter Palmen verbringen kann, werde ich nie verstehen – aber gut – man bekommt ja Kinder nicht, damit sie an den Feiertagen ihren alten Eltern die Honneurs machen.

Dann hat sich aber doch noch alles bestens gefügt.

Zusammen würden wir „Hinterlassenen" es bestimmt nett haben. Ich lud alle zu uns ein, schon wegen Vera.

Jeder beschwor mich, bloß keine Umstände zu machen – und bitte keine Geschenke:

Es hat doch jeder schon mehr, als er braucht ...,

Es sei schon Geschenk genug, dass wir kommen dürfen...,

...wir wollen nur in netter Gesellschaft gemütlich zusammensitzen.

Mir sollte es recht sein, schließlich ging es uns allen ja wirklich nur darum an diesem Abend nicht alleine zu sein. Dennoch war natürlich einiges zu planen und vorzubereiten. Schließlich sollte es zum Fest an nichts fehlen. Eingedenk meiner Vorsätze und der Ermahnungen unserer Gäste, beschränkte ich mich auf nur einen Kuchen – aber es musste ein Frankfurter Kranz sein – das ist bei uns Tradition. Zum Abend würde ich eine leichte Krabbensuppe und ein paar Lachsschnittchen reichen – Lachs gehört seit meiner Jugend zum Fest als Inbegriff des luxuriösen Schlemmens. Dann fiel mir ein:

Mag Inge, Petras Schwiegermutter, eigentlich Fisch? War da nicht etwas mit einer Fischallergie oder so? Mit ein wenig Schinken und vielleicht einem besonderer Käse, wähnte ich mich auf jeden Fall auf der sicheren Seite. Wein, Sekt, Bier, Säfte hatten wir sowieso im Haus, nur ein trockner Sherry musste noch auf meine Einkaufsliste.

Froh gestimmt machte ich mich auf. Als ich alles im Einkaufswagen betrachtete, sah es doch ziemlich knapp aus für einen längeren Abend mit sieben Personen. So beschloss ich – nur zur Sicherheit - noch eine Platte mit italienischen Antipasti zusammenzustellen. Das würde dann aber reichen!

Mit dem Kochen, Backen und Anrichten war ich am Weihnachtstag bis gegen 14 Uhr beschäftigt. Klaus putzte den Baum und saugte noch einmal alles durch.

Zufrieden überschauten wir unser Werk, als es so gegen 16 Uhr zum ersten Mal klingelte.

Meine Freundin Vera schälte sich aus ihrem Mantel. Zuvor drückte sie mir ein großes Paket in die Hand.

„Stell das mal vorsichtig in die Küche. Wir sollten ja keine Geschenke mitbringen, aber ich weiß doch, wie gerne du Frankfurter Kranz isst - außerdem kann ich nach dem ersten Advent keinen Stollen mehr sehen. Und hier –", sie holte aus einer Tasche noch eine flache Schüssel: „Du hast sicher wieder so leckeren Lachs besorgt. Aber ich dachte,... na, ich habe uns noch ein paar italienische Antipasti mitgebracht."

Gleich darauf kamen Inge und Renate – Petras und Gabis Schwiegermütter.

„Frohe Weihnachten! Wie schön, dass wir bei euch sein dürfen", begrüßten sie uns und drückten Klaus und mir je eine große Tupperform in die Hand „Wir haben uns abgesprochen, damit nichts doppelt ist. Ich habe einen Frankfurter Kranz gebacken – hoffentlich ist er so, wie du ihn magst. Gabi schwärmt doch immer von deinem. Inge hat eine Platte mit Antipasti besorgt. Mit leeren Händen zu kommen, war uns unangenehm und du hast vielleicht vergessen, dass sie keinen Fisch verträgt."

Vor dem nächsten Klingeln fürchtete ich mich schon richtig. Uwe und Hannelore enttäuschten mich nicht:

Stolz drückte mir mein Bruder eine Kuchenform in die Hand:

„Hannelore hat für die Damen einen Frankfurter Kranz nach Mutters Rezept gebacken und die italienische Antipasti sahen so lecker aus, da konnten wir nicht dran vorbeigehen. Ein gutes Fläschchen haben wir auch dabei. Das Fest kann beginnen. Frohe Weihnachten euch allen."

Der Abend wurde sehr gemütlich - eigentlich war es wie immer: zu viel von Allem. Ob ich es auch mal unter Palmen versuche?

Adventsbeleuchtung

Advent, Advent, ein Lichtlein brennt –
es leuchtet zart, nicht opulent –
dennoch vertreibt 's die Dunkelheit –
das Weihnachtsfest ist nicht mehr weit.

Advent, Advent – zwei Kerzen brennen-
so mancher fängt jetzt an zu rennen,
muss putzen, backen und bedenken
„Was können wir den Lieben schenken?"

Advent, Advent, drei Kerzen brennen –
wer kann die Zahl der Wünsche nennen,
die alle für das Fest nun hegen-
die Hoffnungen, die sie bewegen?

Advent, Advent, vier Kerzen brennen -
jetzt sollt' man die Geschichte kennen,
die uns das Weihnachtsfest beschert –
sonst ist die Leuchterei nichts wert.
erklärt Heide Binner

...und es leuchtete um sie

sah Heide Binner

Fährt man zur Adventszeit durch die Stadt, ist sie kaum wieder zu erkennen. Lichtkaskaden ergießen sich in der Innenstadt auf den Mittelstreifen der berühmten Einkaufsmeilen und von den Fassaden großer Kaufhäuser und Hotels. Selbst in Außenbezirken, wie unserem Rudow, scheint der Wettbewerb ausgebrochen zu sein: Wer besitzt die am besten beleuchtete Fassade, den buntesten, phantasievollsten Balkon oder Vorgarten?

Ich mag diesen Lichterglanz und wenn gegen Ende Januar auch die letzte Lichterkette aus den Fenstern entfernt ist, fehlt er mir. Dann ist nämlich wirklich die *dunkle Jahreszeit* angebrochen.

Kritikern ist dieser Adventsschmuck zu marktschreierisch, zu wenig besinnlich. Sie behaupten gar, er hätte mit dem christlichen Fest nur wenig zu tun. Doch gerade dieses überdimensionierte Glitzern und Leuchten war es, das uns zu einem neuen, ganz anderen (oder eher urprünglichen?) Weihnachtsfest verhalf, und das kam so:

Seit Ralf und ich Kinder haben, feiern wir den Heiligen Abend bei uns mit meiner Mutter und den Schwiegereltern.

Im vergangenen Jahr hatte Mutter Lust, einmal wieder so einen richtig festlichen Weihnachtsabend bei sich in ihrer schönen großen Altbauwohnung zu gestalten. Mir war das Recht – hatte ich mal weniger Arbeit. Unsere Kinder sind inzwischen groß genug, auch mal länger aufbleiben zu können. Mein Bruder und seine Familie wollten ebenfalls kommen. Ralfs Eltern würden bei seiner Schwester den Heiligen Abend verbringen. Alles war bestens geregelt und Mutter schwelgte in Vorbereitungen. Zum Glück dauert die Adventszeit vier Wochen.

Kürzer hätte sie nicht sein dürfen. Mutter stellte sogar die Putzfrau ihrer Freundin an, ihr zu helfen. Dann suchte sie den größten Baum aus, den man aufstellen konnte, kaufte Lichterketten weil sie sich den Stress mit den echten Kerzen ersparen wollte, erstand eine Prachtgans, die wir nach der Bescherung essen würden, backte Plätzchen für ein ganzes Heer und war gerade mit den letzten Vorbereitungen fertig, als wir sie um drei Uhr zur Kirche abholten.

Stolz berichtete sie:

„Das Weihnachtszimmer sieht zauberhaft aus. Der Baum...ihr werdet staunen. Der Kaffeetisch ist gedeckt, die Gans schon im Ofen, Kartoffeln geschält... Wenn wir wiederkommen, brauche ich nur den Herd und die Kaffeemaschine anzuschalten. Nach dem Kaffeetrinken, so gegen fünf ist es dunkel genug für den Baum, dann werden wir bescheren. Die Gans brät ja fast alleine und das bisschen Aufgießen..."

Meine Mutter hatte wirklich alles generalstabsmäßig vorbereitet.

Als wir gegen vier Uhr aus der Kirche traten, war es schon ziemlich schummrig und außer den bunten Lichterketten an Fenstern, Balkonen und Straßenbäumen sahen wir auch schon den einen oder anderen Weihnachtsbaum in den Wohnzimmern festlich glänzen.

Weihnachtsleuchten kurz vor dem Höhepunkt.

Da wurde es plötzlich dunkel um uns herum. Nur die Gaslaternen spendeten Licht – ansonsten weit und breit duster – alle elektrischen Lichtquellen waren versiegt.

„Na prima! Ich hab 's ja schon immer gesagt, irgendwann muss dieser Lichterzirkus jeden Stromversorger überfordern!"

Meine Mutter erfasste die Situation als Erste. „So ein Glück, dass wir jetzt nicht im Fahrstuhl stecken und die Gans noch nicht im Ofen brät. Es wird ohne Kaffee gehen müssen."

Mutters pragmatische Einstellung verhinderte eine Panik unter uns anderen.

„Fällt jetzt die Bescherung aus?", „Kommt der Strom bald wieder?" Tausend Fragen...

„Kinder, es gab auch schon Weihnachten vor der Erfindung der Elektrizität. Lasst mich mal machen. Vielleicht dauert es ja nicht so lange. Weihnachten fällt nicht aus und die Bescherung schon gar nicht", tröstete Oma ihre Enkelkinder. Wirklich, sie ließ sich von so einer Kleinigkeit nicht aus der Bahn bringen.

Die Wohnungstüren in ihrem Wohnhaus standen offen und die meisten Mieter im Treppenhaus. Mutmaßungen und Ratschläge gingen hin und her – Klagen waren zu hören, denn auf etlichen Herden ging gar nichts mehr. Die Beleuchtung ist ja in der Weihnachtszeit das geringste Problem. Kerzen hat jeder, aber ohne Feuer unterm Kochtopf oder eine Heizung, die stromlos Wärme spendet...?

Zwar glaubte alle an baldige „Wieder – Erleuchtung", dennoch suchte Mutter per Taschenlampe die bisher verschmähten Kerzenhalter für den Baum und alles, was sie an Kerzen besaß. Während die Männer den Baum damit bestückten, Mutter die Kaffeetassen durch Saftgläser ersetzte und ich weitere Teekerzen im Weihnachtszimmer und den anderen Räumen verteilte, klopfte es an der Wohnungstür – die Klingel ging ja auch nicht.

Draußen stand Frau Singer, die Hauswartfrau.

„Wir haben gerade beim Elektrizitätswerk angerufen. Wie durch ein Wunder hat sogar jemand abgenommen. Der Fehler ist noch nicht gefunden und es kann einige Stunden dauern..., da dachten wir ..., also das wäre doch die Gelegenheit..., wir besitzen noch Grillkohle und Würstchen und Sieberts aus dem ersten Stock eine volle Gasflasche

samt Brenner, sie sind doch Camper... Also wollen wir uns nicht zusammentun und auf dem Hof gemeinsam essen und feiern? Wenn jeder seine Kerzenreste nur für sich benutzt, sitzen wir vielleicht wirklich bald im Dunkeln, aber zusammengeworfen..." Werbend sah sie uns an und der erste, der sich begeistern ließ, war mein Bruder „Weihnachten auf dem Hof? Das ist ja beinahe wie in Bethlehem – kalt, dunkel, zugig, - hat doch was ganz Elementares..."
Er drückt sich gerne so gehoben aus.
Die Kinder wollten lieber oben bleiben und ihre Geschenke auspacken. Auch Ralfs Hinweis: „Vielleicht würde der Weihnachtsmann das viel praktischer finden...", widersprach unsere Lara: "Wird er nicht. Wie soll er denn das alles in einen Sack kriegen? Und es gibt sowieso k..."
Ich musste Lara auf den Fuß treten, denn sie wollte in diesem Zuge gleich ihre jüngeren Cousins aufklären, dass es gar keinen Weihnachtsmann gibt und alle Gaben sicher schon unterm Baum liegen. Sie maulte und auch die Jungs bestanden auf baldiges Auspacken der Geschenke in der Wohnung bei Kerzenschein.
Wir willigten also ein, erst nach der Kinderbescherung unterm Kerzenbaum zum gemeinsamen Essen auf den Hof zu kommen.
Man glaubt ja nicht, wie viele gute Einfälle in solch einer Situation geboren werden. Eine Nachbarin hatte aus schnell bemalten Frühstückstüten und Teelichtern stimmungsvolle Windlichter für die Hoftanne gezaubert, die Grills wurden aus dem Keller geholt, Tiefkühlschränke nach Grillgut durchforstet, Kartoffeln in Alufolie gepackt, Balkonstühle, Sitzkissen und Decken geschleppt. Schon bald duftete es nach Bratwürsten und Steaks. Anschließend erhitzten wir über der Glut Glühwein und Kirschsaft, ein Akkordeon erklang. Anfänglich zaghaft, doch dann immer kräftiger stimmten wir in die

Weihnachtslieder ein. Die älteren Hausbewohner wussten so manche Geschichte von Stromsperren und kargen, aber unvergesslichen Festtagen zu erzählen. Wir verlebten einen sehr gemütlichen Weihnachtsabend. Besonders Oma Krieger aus dem dritten Stock genoss, eingehüllt in eine Decke, dicht am Gasstrahler platziert, den Abend. Alle waren ein wenig traurig, als plötzlich in den Wohnungen das Licht anging.

Weihnachtswunsch

*Weihnachten wird es schon wieder,
und ich denke: Hoffentlich
kommst du Christkind diesmal nieder.
An der Zeit wär's, finde ich!*

*Aber bitte nicht als Kind –
dieses mal gleich als starker Held,
der uns, die im Dunkeln sind,
möglichst bald ins Helle stellt.*

*Wir entzünden viele Kerzen,
trotzdem wird's nicht wirklich heller-
brennten für dich Kind die Herzen,
ginge es vermutlich schneller.*

*Darum noch einmal die Bitte:
Liebes CHRISTKIND komme bald -
und komm bitte aus dem Himmel,
nicht aus tief verschneitem Wald,*

*mit ganz rot gefror'nen Händen
und 'nem voll gepackten Schlitten.
Sollst nur alles Unheil wenden!
Das ist's, worum wir dich bitten!*

Der Weihnachtsstern

Tim und Toni, zusammen schlicht „Ti-To" genannt, saßen in ihrem Zimmer und langweilten sich entsetzlich. Heute war absolut nichts erlaubt.
„Ich appelliere an eure Vernunft, Ti-To", hatte Mutter gesagt, „wenn es heute Abend schön sein soll, dann muss ich jetzt ungestört arbeiten können. Ihr werdet es doch schaffen, mal nicht das ganze Haus auf den Kopf zu stellen!"
Der Vater hatte noch Dienst bis zum Mittag und Mutter wuchs der Heiligabend-Endspurt über den Kopf wie in jedem Jahr.
„Nehmt wenigstens Rücksicht, wenn ihr schon sonst nichts Vernünftiges tut." Mit diesem Satz war sie in die Küche zurückgeeilt.
„Was soll denn das heißen: *Nichts Vernünftiges*", ereiferte sich Tim.
„Typisch Erwachsene! Labern rum, statt uns zu sagen, *was* wir tun sollen."
Toni war auch sauer. „Als ich vorhin die Vögel saubermachen wollte, hat Mutti mich mit einem Aufschrei aus der Küche gescheucht. Nun haben es die armen Viecher zu Weihnachten nicht mal sauber."
„Ich wollte nur eine Schiene von der Eisenbahn ins Schlafzimmer legen - war auch nicht recht."
Tim und Toni kamen so richtig in Fahrt.
„Wenn der Abend nicht wäre, könnte man den ganzen Tag aus dem Kalender streichen", räsonierte Tim.
„Quatschkopp", verbesserte Toni ihren Bruder. „Wenn der Abend nicht *der* Abend wäre, dann brauchten wir den Tag gar nicht aus dem Kalender zu streichen."
„Hä? Was iss`n das für `ne Mädchenlogik?" Tim verstand seine Schwester mal wieder nicht. Wenn das nur der Fall war, weil *typisch weibliches*

Denken die Verständnisschwierigkeiten hervorrief, dann kratzte ihn das nicht, nur ganz allgemein doof war er nicht gerne.

„Ist doch klar, wenn der Abend nicht *der* Abend wäre, dann wäre auch der Tag ganz normal. Normal langweilig, mit Schule und Fußball und, -na eben Alltag. Verstehst du nun, was ich meine", Toni genoss ihre Überlegenheit. „Es ist alles nur wegen dem Abend."

„...des Abends", Tim ließ sich doch nicht die Butter vom Brot nehmen.

„Alter Klugschei..."

„Vorsicht, heute keine Kraftausdrücke, wegen *des Abends*, du weißt doch."

Ganz schnell bückte sich Tim, um dem Kissen auszuweichen, das Toni nach ihm warf. Das war ein Fehler. Das Kissen traf ein Wandbild. Es fiel runter, Scherben klirrten und die Kinderzimmertür flog auf.

„Es ist doch nicht zu fassen! Ich weiß nicht, wo mir der Kopf steht und ihr randaliert hier rum. Macht Schaden statt zu helfen. Los, fegt auf und dann verschwindet nach draußen. *Da* könnt ihr toben. Fegt den Gartenweg und fragt auch mal bei Oma Schmidtke, ob sie Hilfe brauchen kann. Vor 15 Uhr will ich euch nicht mehr sehen, aber wehe euch, ihr kommt später".

Mutter war sehr geladen. Ti-To zogen die Köpfe ein und waren heilfroh, dass sie so gut davongekommen waren. Rausgehen, Weg fegen und zu Oma Schmidtke gehen - das war doch wenigstens ein Programm. Schnell waren die Scherben gefegt. Beide fanden, dass das Bild durch den Sturz direkt gewonnen hatte. Das doofe Spiegeln störte den Betrachter nun nicht mehr. Im Nu waren sie draußen.

„Warum soll der Weg gefegt werden?" Tim fand nichts, was des Fegens wert gewesen wäre. Nachdem er ein paar Anstandswedler mit dem Besen ausgeführt hatte, flitzten beide zu Oma Schmidtke ins Nebenhaus.

„Hallo Ti-To, na, langweilt ihr euch so, dass ihr mich besuchen müsst? Der Tag vor dem Heiligen Abend ist der schlimmste im ganzen Jahr, stimmt 's

?"

„Stimmt, wir wollen fragen, ob wir dir was helfen können?"

Tim half ihr gerne. Es lohnte sich immer.

Toni schnupperte. „Hmm, hier riecht 's aber gut!

„Kommt rein, ihr Beiden. Trinkt ihr einen Kakao mit mir?"

„Und außer Kakao?" Tim schnupperte nun auch. „Erzählst du uns, wie es bei dir früher an *dem* Tag war?" Toni liebte Oma Schmidtkes Geschichten.

„Ich weiß nicht, ob ich dazu heute genug Zeit habe. Ich habe nämlich auch noch viel vor."

Es duftete nach Zimt, Vanille und Apfelkuchen und als die Kinder die Küche betraten, staunten sie nicht schlecht. Auf dem Tisch standen drei fertig gebackene Bleche mit Kuchen und im Ofen bräunte ein weiteres.

„Oma Schmidtke, willst du 'nen Laden aufmachen oder kriegst du soviel Besuch?", wollte Tim gleich wissen.

„Wenn du den verkaufst, dürfen wir dann mitmachen? Im Rechnen sind wir sehr gut in der Schule." Toni spielte schon im Kindergarten gerne *Kaufmannsladen* und in *echt* - na, das würde sie super finden!

„Nein Kinderchen, zweimal falsch geraten. Der Kuchen wird nicht verkauft, der wird verschenkt. Kommt, trinkt euren Kakao". Sie setzte sich zu den Kindern an den Küchentisch. „Eure Hilfe brauche ich aber trotzdem. Fast hätte ich schon bei Euch geklingelt."

„*Allen* Kuchen willst du verschenken? Wem denn?" Der sparsamen Toni tat es richtig Leid um den schönen Kuchen.

„Der riecht so gut, für den würde jeder auch was zahlen", Tim konnte es auch nicht leiden, wenn eine gute Gelegenheit Geld zu machen vertan wurde.

„Da kannst du wohl Recht haben Timmi, aber *heute* wird verschenkt. Ihr zahlt doch auch nichts für die tollen Sachen, die ihr bekommt, oder?

Weihnachten macht man Freude und keine Geschäfte. Der Kuchen ist für die Weihnachtskaffeestube im Gemeindehaus bestimmt. Weil ich doch ganz alleine bin, habe ich mich dort gemeldet, zum Feiern und Helfen. Außerdem hatte ich richtig Lust, mal wieder ganz groß zu backen, so wie früher." Sie dachte kurz nach, blickte auf die Uhr und sagte: „Also ganz so wie früher ist es Gott sei Dank nicht mehr. Damals war das Baken nämlich viel mühseliger: Mit einem Holzlöffel wurden Fett, Eier und Zucker erst zu einer ganz luftigen Creme verrührt, bevor das Mehl und die Gewürze dazu kamen."

„Alles nur mit einem Holzlöffel. Geht denn das?" Toni war eben ein Kind der Neuzeit.

„Doch, das ging ganz gut. Die leckersten Torten hat man so gerührt. Aber anstrengend war es natürlich. Als Hausfrau brauchte man früher viel mehr Kraft und Zeit als heute. Besonders knifflig war das mit dem Backofen. Der wurde mit Holz geheizt und hatte keinen Schalter mit Stufe *eins, zwei, drei*. Wenn da die Temperatur nicht stimmte, gab es Klietschkuchen oder Kohle." Oma Schmidtke sah nach dem letzten Blech.

Tim warf begehrliche Blicke in Richtung Kuchen. „Meinst du, dass alles heute gebraucht wird?"

„Das will ich hoffen, aber ganz sicher bin ich natürlich nicht. Wenn nicht genug Leute...Also *darum* brauche ich doch eure Hilfe."

Sie setzte sich wieder hin.

„Seht mal! Ich habe die Befürchtung, dass nicht genug Reklame für die *Offene Tür* der Kaffeestube gemacht wurde. Darum dachte ich, dass ihr vielleicht ein bisschen Reklame machen könntet."

„Wie denn das? Sollen wir alle Leute ansprechen, die alleine oder traurig aussehen? Das traue ich mich nicht." Toni war der Gedanke schon unangenehm.

„Nein, nein, natürlich nicht. So war das nicht gemeint. Ihr braucht niemand anzusprechen. Eigentlich hatte der alte Herr Gärtner das ja auch tun wollen, aber nun ist er zu erkältet um stundenlang draußen herumzulaufen. Ihr müsstet nur mit zwei Reklametafeln auf dem Markt, vor der Post und vor dem Bahnhof herum marschieren. Solange die Geschäfte noch auf haben, sind da viele Menschen unterwegs und darunter bestimmt auch welche, die keinen haben, mit dem sie nachher zusammensitzen können."

„Was steht denn auf dem Schild drauf?" Toni fand die Reklametafellösung auch nicht verlockender. Wenn sie jemand aus der Klasse sehen würde..., nicht auszudenken!

Oma Schmidtke verstand Tonis Gefühle ganz genau. So alt war sie schließlich noch nicht. Ihr wäre es als Kind auch nicht leicht gefallen, so etwas zu tun. „Ich glaube, da steht drauf:

Möchten Sie heute nicht alleine sein?
Dann sind Sie eingeladen zur weihnachtlichen Kaffeerunde
bei Musik und Kerzenschein in unserem Gemeindehaus.
Kirchgasse 7
Geöffnet ab 14.00 Eintritt frei

Auf der zweiten Tafel steht ein kleiner Vers:

Heute braucht keiner alleine zu sein.
Die Tür ist auf, kommt einfach rein.

Der Vers ist meine Idee. Ich finde, so etwas klingt netter und einladender. Wenn sich jeder von euch ein Schild umhängt, geht es bestimmt. Was meint ihr? Bedenkt, dass durch eure Hilfe einige Leute dann heute nicht alleine zu Hause sitzen müssten."

„*Alleine* sein, *heute*? Das stelle ich mir ganz entsetzlich vor. Ich glaube wir machen's." Toni wandte sich an ihren Bruder: „Timmi, du machst doch mit, oder...?"

„Klar. Allerdings, wenn das Schild die Form eines richtigen Weihnachtssternes hätte, das wäre noch viel schöner."

Tim war der Designer der Familie. Alle künstlerischen Veranlagungen vergangener Vorfahren hatten sich in ihm versammelt.

Toni stimmte ihm zu: „Au ja, wir haben noch einen großen gelben Fotokarton. Daraus schneiden wir den Stern und schreiben deinen Vers drauf. Das macht dann gleich viel mehr Spaß und ist bestimmt auch leichter als das andere Ding."

„Komm", sie zog Tim richtig vom Stuhl: „Das geht ganz schnell. Wir sind bald wieder hier."

Oma Schmidtke lächelte über so viel Eifer und begann den Kuchen transportfertig zu verpacken.

Im Nu waren die Geschwister an der Arbeit und schon eine halbe Stunde später begaben sie sich zum Gemeindehaus, um sich dort als ‚Weihnachtswegweiser' zu verkleiden.

Auf den Straßen blickten ihnen die Leute freundlich entgegen.

Nur einer fragte grinsend: „Na, noch schnell 'nen paar Pluspunkte für den Weihnachtsmann verdienen?" Aber da war er bei Tim an der falschen Adresse. Tim sah ihn ganz ernsthaft an und sagte: „Nein, wir machen eine ganz geheime Untersuchung zum Thema: „Wie doof können manche Leute fragen."

Sie wurden aber auch ganz ernsthaft angesprochen. Nach dem Weg zum Gemeindehaus, ob man auch noch jemand mitbringen dürfe oder... „Darf mein Hündchen da auch rein?", wollte eine alte Frau wissen und fügte hinzu: „Wisst ihr, der ist so klug, wie ein Mensch und ich kann ihn zu Weihnachten nicht alleine lassen. Er ist alles, was ich habe."

Erst als alle Geschäfte und die Post geschlossen hatten und sogar der Zug aus der Stadtmitte eingetroffen war, gingen die beiden zurück zum Gemeindehaus. „Den Stern nehmen wir aber wieder mit. Hier steht ja schon die andere Tafel vor der Tür. Wer weiß, wozu wir die Pappe noch einmal brauchen können", beschloss die sparsame Toni.

Zwei Stunden später war es endlich *Heiliger Abend.* Das Glöckchen klingelte, die Tür zum Weihnachtszimmer wurde geöffnet und wie in jedem Jahr sah alles ganz verzaubert aus, das Zimmer und die Eltern. Lächelnd und ganz entspannt standen sie vor dem Baum und begrüßten ihre Sprösslinge mit einem Weihnachtskuss und dem üblichen Gruß „Frohe Weihnachten Tim und....", da wurde an der Haustür kräftig geklingelt.
„Nanu! Erwarten wir heute noch Besuch, Gerda?" Papa sah zu Mama.
„Nein. Aber vielleicht ist das ein noch ein Paketbote, die läuten immer so stürmisch. Der arme Kerl, *jetzt* arbeiten zu müssen..." Schnell ging sie, um zu öffnen.
„Entschuldigung. Es stimmte nicht, was da steht... Die Tür war nicht auf. Ich musste läuten." Eine junge Frau mit einer Reisetasche stand vor der Tür. „Haben sie schon geschlossen oder ist alles besetzt?"
"Ich verstehe nicht..." Mutter war ziemlich irritiert, doch dann fand sie selbst eine Erklärung:
„Ach, sie haben sich bestimmt in der Adresse geirrt. Hier ist Oderstraße 24 und wir heißen Kremer."
Nun war es an der jungen Frau unsicher zu werden.
„Nein, entschuldigen sie. Ich dachte nur... Am Gartentor steht doch, dass man ruhig hereinkommen solle. ‚*Heute braucht keiner alleine zu sein'*, so steht es da und ich..."
Da mischte sich Tim ein, der schon fast platzte vor Mitteilungsdrang.
„Ist schon o.k. Mammi. Sie hat *den* Stern gesehen, weißt du", und zur

Verblüffung seiner Eltern flitzte er ans Gartentor und kam mit dem großen Weihnachtsstern zurück.

„Sind sie dem Stern gefolgt, weil sie sonst heute Abend ganz alleine wären?" Toni sah die junge Frau neugierig-mitleidig an. Diese nickte. Da mischte sich Vater ein: „Nun treten sie erst mal näher und dann werden unsere Zwei uns vielleicht erklären, was sie gemeint haben mit: „...*dem Stern gefolgt*'".

Vater nahm der jungen Dame den Mantel ab, komplimentierte sie ins Weihnachtszimmer, goss drei Cognacschwenker ein und sagte freundlich: „Dann erzählt uns mal **die** Weihnachtsgeschichte".

„Toni ist immer so sparsam...",

„Timmi will immer alles ganz genau wissen...",

„ ...und darum haben wir den Stern an die Gartenpforte gehängt."

„Wir wollten mal sehen, wer in unseren Stall kommt", sprudelten sie durcheinander. Erst als Vater sie aufforderte, ganz der Reihe nach zu erzählen, verstanden die Eltern, wie alles gekommen war.

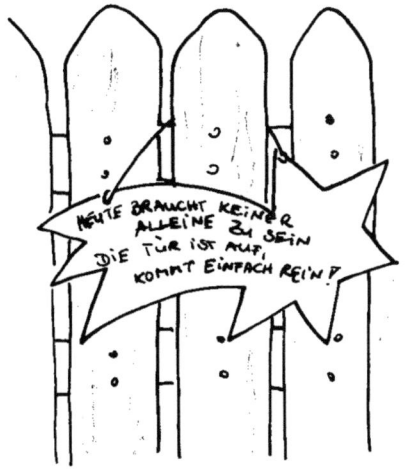

„Na, da haben Ti-To sich ja eine schöne Weihnachtsüberraschung ausgedacht", staunten die Eltern, als sie die ganze Geschichte vom Weihnachtswegweiser erfahren hatten.

„Und wie kommt es, dass sie heute alleine gewesen wären?" Tim wollte es nun wirklich genau wissen.

„Ach, ich wollte meinen Vater überraschen. Wir vertragen uns nicht so gut und haben seit unserem letzten Krach im Sommer nichts von einander gehört. Da dachte ich mir, zu Weihnachten versöhnt es sich leichter. Leider ist er nach Mallorca geflogen. Die Nachbarin sagt, er will dort überwintern. Auf dem Weg zum Bahnhof sah ich dann den Stern."

Es wurde ein sehr gemütlicher Weihnachtsabend. Viel schöner, als sonst. Das fanden alle.

Advent

Advent, Advent, **ein** Licht ist an (!) -
verbrennt euch nicht die Finger dran,
noch kleckert mit dem Wachs herum,
auch Kokeln wäre ziemlich dumm.

Advent, Advent –**zwei** Kerzen glimmen-
und alle Kinder – außer schlimmen -
singen jetzt schöne Weihnachtslieder,
zum Beispiel: "Alle Jahre wieder... „

Advent, Advent -**drei** Kerzen schimmern
am Kranz - in vielen Fenstern flimmern
die Lichterketten weiß und bunt –
zur Vorfreude hat mancher Grund.

Advent, Advent, **vier** Kerzen scheinen.
Die Menschen – und nicht nur die Kleinen
können nur noch an eines denken:
"Was wird man uns zum Fest wohl schenken?"

**Advent vorbei- 's ist angekommen
das Fest**- hat bei uns Platz genommen
mit Baum und Braten und Geschenken –
wer will, kann auch ans Christkind denken.

Engel

Weihnachten ist für jedes Kind das Fest der Feste. Ich bin überzeugt, es kommt bei den meisten Kindern noch vor dem Geburtstag. Bei mir war es jedenfalls so.

Kein Weihnachtsfest gleicht dem anderen. Es gibt schöne, herrliche, ganz nette, manchmal auch etwas enttäuschende, gewöhnliche und besonders markante Weihnachtserlebnisse.

Das Weihnachtsfest, das mir am stärksten im Gedächtnis geblieben ist, fand in meinem ersten Schuljahr statt. Genau genommen war es der Weihnachtsvormittag, der mir so einschneidende Eindrücke hinterlassen hat. Der Heilige Abend ist mir nur soweit in Erinnerung geblieben, dass ich genau weiß: Er hat stattgefunden.

Jedoch der *VORMITTAG* ...

Dass ich seit einigen Monaten zur Schule ging, hatte damit ganz wesentlich zu tun, denn nun konnte ich lesen. Mir erschlossen sich ganz neue Welten. Zu allererst las ich Ladenschilder und Grabsteine. Das ergab sich so, weil ich mit meiner Mutter oft weite Wege lief und weil wir eine zahlreiche verstorbene Verwandtschaft haben. Die Ladenschilder haben zur Übung meiner Lesefähigkeit wesentlich beigetragen, das Lesen von Grabsteinen machte mir aber noch mehr Freude.

„*Lenchen Pumpel - unvergessen*", oder: „*Waldemar von Gans*", so etwas amüsierte mich, und ich konnte mir stundenlang solche Namen vorsagen und mir passende Gesichter und Schicksale vorstellen.

Umgehauen hat mich dann der Besuch Omas und Opas Grab. Das waren die Eltern von Mami. Totensonntag hatten wir nicht zu ihnen fahren können. Es sollte Glatteis geben. „So schnell müssen wir sie ja nicht persönlich wieder sehen", sagte Papi etwas flappsig und erntete von Mami dafür einen strafenden Blick. „Will sagen: Wir verschieben die Fahrt auf einen eisfreien Tag", hatte er daraufhin in meine Richtung blickend, „pädagogisch einwandfreier" erklärt. Oma und Opa waren nämlich schon lange vor meiner Geburt gestorben und in ihrer Heimatstadt Hannover begraben worden. Wir wohnten schon damals schon hier in Berlin und fahren darum in der Regel nur am Totensonntag dorthin.

Eine Woche später, am Samstag vor dem ersten Advent, standen wir am Grab der Großeltern und während die Eltern den winterfesten Grabschmuck drapierten, las ich mit fassungslosem Staunen was auf Opas und Omas Grabstein stand:

ENGEL

Paul   Elfriede

Ich staunte. Bei anderen Leuten stand nie, dass sie jetzt Engel sind. Zwar weiß ja jeder, dass ein Engel werden kann, wer gestorben ist. Natürlich muss derjenige zu Lebzeiten sehr lieb gewesen sein. Meine Oma und mein Opa aber wurden hier, sozusagen „Gold auf Granit", ganz öffentlich als solche bezeichnet. Das machte mich unheimlich stolz.

Von nun an wollte ich alles über Engel wissen - wie sie aussehen, was sie tun, wo sie sind und natürlich: wie man ganz sicher einer wird. Ich wollte Opa und Oma unbedingt später kennenlernen.

Das Aussehen der Engel konnte ich in den verschiedensten Büchern studieren. Dort gab es vorwiegend zwei Sorten: Die kleinen niedlichen dicken Engelchen, bei denen man aber nie sagen konnte, ob sie Jungen oder Mädchen sind und die erwachsenen, langhaarig und schlank. Ich hielt sie für Mädchen, auch wenn sie manchmal ein Schwert in der Hand hatten. Die Kleinen waren fast immer nur mit einer Windel bekleidet und die

Großen hatten lange Nachthemden an. Besonders gefielen mir die Flügel der großen Engeldamen, die der kleinen Engel sahen dagegen nur wie Flügelstummel aus. Wie die damit fliegen können...?

In meinen Weihnachtsbilderbüchern gab es meistens Baby- oder Mädchenengel, so um die vier bis sechs Jahre alt. In der Kinderbibel hingegen fand ich auch junge Männer-Engel. Sie hatten lange blonde Haare, dazu sehr große Federflügel und auf einem Bild hielten sie sogar Schwerter in der Hand. Alte Engel sah ich nirgends. Alle waren jung, schön und weiß oder Gold strahlend.

Auch lächelten sie zumeist sehr holdselig und vergnügt - außer vielleicht die Männerengel aus meiner Kinderbibel. Die konnten ganz schön drohend gucken, besonders die, die vor der Tür zum Paradies standen.

Ach, die echten Weihnachtsengel hätte ich fast vergessen. Also der, der zu den Hirten kam, das war ein erwachsener Engel - glaube ich. Die aber oben im Stall rumgeflogen sind und immer „Ehre sei Gott in der Höhe" gesungen haben, das waren Kinderengel - jüngere und ältere, wie bei uns im Kinderchor. Die auf meinem Adventskalender sahen auch so aus. Es ist erstaunlich, wie kräftig kleine Engel sein können. In meinem Weihnachtsbuch zieht so ein kleines Kerlchen einen großen, voll gepackten Schlitten für das Christkind.

Weihnachtsengel sind natürlich auch zart, rein und weiß und lächeln lieb. Es würde ganz schön anstrengend sein, als Engel zu leben - für mich. Alles Reine, Engelgleiche ging mir nämlich ab. Mutter zog mir immer erst mein Ausgehkleid an, wenn sie schon den Hut zum Ausgehen aufhatte und dann blieb es nur so lange rein, wie ich an ihrer Hand war und weder Essen noch Trinken in meine Nähe kam. Holdselig lächeln strengt im Gesicht mehr an, als Zunge raus strecken. Zart und lieblich singen lag mir auch nicht. Nein, gar nicht. In diesem Punkt war ich sogar mit unserem Musiklehrer einer Meinung.

Ob *ich* jemals ein Engel sein könnte?

Wie ich schon sagte: Die Weihnachtszeit im ersten Schuljahr eröffnete mir viele neue Horizonte und seit dem Vormittag des Heiligen Abend war ich mir ganz sicher, dass auch ich eine Chance hatte, Engel zu werden. Und das kam so:

Mama werkelte in der Küche. Das Weihnachtszimmer war abgeschlossen. Ich strich in der Diele herum und versuchte zu ergründen, was dort hinter der Tür wohl vor sich ginge. Gewiss, dass die Weihnachtsengel die weihnachtliche Szenerie aufbauten, war mir klar. Doch ich befand mich im Zeitalter meiner eigenen Aufklärung. Ich wollte mehr als nur glauben, was man mir erzählte. Ich wollte sehen und hören.

Und ich *hörte* und *sah*! Es klang gar nicht immer mild und lieblich: „Verfl... wo ist der Draht?", „Herrgott, halt doch mal gerade!", „Aua, das war mein Daumen!"

Ich wunderte mich: Gott in unserem Weihnachtszimmer? Mit einer Blutblase am Finger...! Einen Ton hatten die am Leibe, die Engel.... Haben Engel eigentlich einen? Leib, nicht Ton, meine ich.

Mann-o-mann! Wenn man als Engel *so* reden darf...

Nur die Stimme, ganz eindeutig eine Männerstimme, klang so vertraut? Beinahe, wie Papi. Ich hatte Papi aber „Auf Wiedersehen, bis nachher", rufen gehört. Der war weggegangen, da war ich ganz sicher.

„Zu Onkel Paul, Baum aufstellen helfen", hatte Mutti gesagt.

„Kommen denn zu Onkel Paul keine Weihnachtsengel?"

„Nein, mein Schatz", erklärte sie, „Weihnachtsengel sind knapp und kommen nur zu Familien mit Kindern um den Eltern bei der Vorbereitung zu helfen. Onkel Paul hat keine Kinder. Da hilft Vati. So ist das. Nun zieh dich aber an und gehe ein bisschen in den Garten." „Hast du gesehen, wie viele Engel da drin sind?"

„Nein! Auf keinen Fall wollen sie gesehen werden", erklärte Mami. „Dann verschwinden sie wie die Heinzelmännchen aus Köln."

In der Hoffnung, dass man im Garten doch bessere Möglichkeiten haben würde einen Blick zu erhaschen, trollte ich mich hinaus. Das war mein großes Glück! Mutti sagt ja immer, dass brave Kinder mehr vom Leben haben.

Das Terrassenfenster bot einen enttäuschenden Anblick: Herunter gelassene Jalousetten und dahinter der dichte Store. Keine Chance etwas zu sehen. Dicht heran traute ich mich auch nicht. Ich muss Mitleid erregend enttäuscht am Rand der Terrasse gestanden haben, denn nun geschah für mich *das* Wunder: Ich habe ein Stück von einem Engel gesehen!

Am großen Terrassenfenster wackelte auf einmal die Jalousie und dann sah ich sie: eine ganze Hand! Mit einem Tannenzweig! Sie hat mir zugewinkt! Ich konnte vor Staunen fast nicht mehr atmen. Das Wunderbarste aber war: Der Engel hatte schwarze Finger, ganz genauso, wie ich meistens. Sonst waren die Finger lang und schlank. Es muss einer von der erwachsenen Sorte mit den großen Flügeln gewesen sein. Das Kleid sah ich leider nicht. Aber bei *den* Fingern, ob das da ganz rein geblieben war? Ich war selig. Man durfte als Engel auch mal schmutzig sein. Meine Zukunft war gesichert. Ich würde Opa und Oma sehen. Ob sie mich erkennen würden?

Das Weihnachtsrezept

Jedes Jahr ist 's fast das Gleiche
und doch immer wieder schön,
Basteln, Backen, Dekorieren
und auf Weihnachtsmärkte geh'n.
Zum Advent wird 's deutlich heller
und auch bunter in der Stadt,
weil fast jeder Haus und Fenster
weihnachtlich beleuchtet hat.

Anfänglich fand ich das störend,
aber nun bin ich versöhnt,
gäb 's das nicht, würd' mir was fehlen,
hab mich so daran gewöhnt.
Bunte Ketten und Figuren,
Rentier, Schlitten, Santa Claus,
machen aber nicht den ganzen
Zauber der Adventszeit aus !

Nur durch 's Kaufen von Geschenken,
weihnachtliches Dekorieren,
auch nur durch Besinnlichkeit,
kann nicht Weihnachten passieren.
Wie bei einem guten Eintopf
braucht 's dazu von jedem was.
Salz in dieser Weihnachtssuppe
ist die Liebe, glaubt mir das!

Onkel Arthurs Weihnachten

Als meine Schwester Reni am Rosenmontag vom Bäcker kam, trug sie nicht nur ein riesiges Paket mit Pfannkuchen im Arm, sondern auch noch einen Stapel Post obendrauf. Ein Brief mit schwarzem Rand erregte ihre besondere Aufmerksamkeit. Auch Vati griff sofort danach und blickte etwas irritiert auf den Absender:

„Kemper, Rechtsanwalt und Notar - kenne ich nicht, mal sehen...", murmelte er, öffnete und überflog die ebenfalls schwarzgeränderte Karte eilig.

„Ach, nee, der Onkel Arthur! ... teile ich Ihnen mit, dass Herr Arthur Miesel am 24. Januar verstorben ist. Im Auftrag meines verstorbenen Mandanten, bitte ich Sie zur Testamentseröffnung am 5. März d. J. in meine Kanzlei ...

Was sagt ihr dazu? Onkel Arthur ist schon drei Wochen tot und ..."

„Wann ist denn die Beerdigung? Doch hoffentlich nicht heute oder morgen", wollte Mutti wissen.

„Beerdigung? Wartet mal, ach hier ..., das ist ja nicht zu fassen! Hört bloß: Die Beisetzung hat auf Wunsch meines Mandanten anonym, nur mit kirchlichem Geleit, am 9.2. stattgefunden. Weitere Einzelheiten werden Sie bei der Testamentseröffnung erfahren. Hochachtungsvoll..."

„Was sollte denn das? Heimliche Beisetzung, so etwas." Mutti war konsterniert.

„Ich hab`s ja immer gesagt, Heinz - *dein* Onkel Arthur war sein Leben lang ein Sonderling. Wann haben wir den eigentlich das letzte Mal gesehen?"

Gemeinsam versuchten wir uns zu erinnern. Onkel Arthur war wirklich kein besonders häufiger Gast in unserem Haus. Zu großen offiziellen

Familienfeiern, wie Hochzeiten, Taufen und Konfirmationen sah man sich und vielleicht noch zwei - dreimal außer der Reihe, öfter hatten wir ihn nicht zu Gesicht bekommen. Er war ein Bruder unseres Großvaters, nicht besonders spendabel und lebte allein, seit seine Frau vor vielen Jahren gestorben war. Eine Zugehfrau besorgte ihm den Haushalt. Kinder hatte er keine mehr, sie waren im Krieg geblieben, wie man so sagte.

„Warum eine Testamentseröffnung, gibt es denn bei Onkel Arthur was zu erben?", wollte ich wissen. Mir war er immer nur als kauziger, etwas ungepflegter, alter Mann erschienen.

„Wahrscheinlich will uns der Notar die Wohnungsauflösung aufs Auge drücken. Viel wird er bestimmt nicht mehr hinterlassen haben. Sein Geschäft hat er schon vor mehr als 30 Jahren verkauft."

Vati klang pessimistisch.

„Aber was ist denn mit deinem Bruder und deiner Schwester. Die müssen doch auch einen Teil der Arbeit tragen. Ob sie auch so einen Brief erhalten haben?"

Mutti hängte sich sofort ans Telefon. Alle hatten einen Brief bekommen und waren nicht klüger als wir. Uns blieb nichts übrig, als bis zum Termin zu warten.

Am 5.März versammelten sich alle im Wartezimmer der Kanzlei. Unsere Eltern, Vatis Schwester Rosi mit Mann und Onkel Wolfgang mit seiner Frau. Wir Jüngeren waren nicht geladen und fieberten dem Bericht unserer Eltern entgegen.

„Zur festgesetzten Zeit platzierte Dr. Kempers Sekretärin uns alle um einen großen Tisch und der Notar erschien mit einem dicken Aktenbündel. Nach der Verlesung der Daten von Erblasser und Erbberechtigten, verlas der Notar das Testament."

„Mach's doch nicht so spannend, gibt es was zu erben?" Reni wollte es nun endlich wissen.

„Wart 's ab, Mädchen, du sollst dich genau so freuen, wie wir."

Vati genoss die Spannung so richtig, nur Muttis Gesicht - gekränkt, ratlos, wütend, - hätte uns stutzig machen sollen.

„Also", begann er, „Onkel Arthur ist sogar als ziemlich reicher Mann gestorben. Er hinterließ Geld, Wertpapiere und ein riesiges Grundstück in Spandau, alles gut durch drei teilbar. Nur *einen* Haken hat die Sache: Er möchte, dass *wir* mit ihm Weihnachten feiern, *bevor* wir unser Erbe antreten." Triumphierend sah Vati uns an und freute sich über unsere verständnislosen Gesichter.

„Noch mal, bitte!" Ich glaubte mich verhört zu haben. „Onkel Arthur will *mit* uns Weihnachten feiern?"

Mutti ereiferte sich: „Hätte ich gewusst, dass euer Onkel solch ein Spaßvogel ist, dann ... Was muss in seinem Hirn nur vorgegangen sein?" Endlich verstanden wir ihren Gesichtsausdruck.

„Wie soll das vor sich gehen? Sollen wir auf seinem Grab einen Weihnachtsbaum aufstellen? Das mache ich nicht mit!" Reni schauderte schon bei dem Gedanken, den Heiligen Abend auf Reisen zu verbringen, aber auf dem

Friedhof...

„Dann wirst du uns wohl von der weiteren Erbfolge ausschließen. Onkel Arthur legt größten Wert auf eine komplette Familie zu seiner Weihnachtsfeier."

Vati wollte gerade weitererzählen, da fiel mir etwas ein: „Aber Onkel Arthur hat doch gar kein Grab. Bei einer anonymen Beerdigung gibt es keine Grabstelle."

„Eben! Darum brauchen wir auch nicht auf dem Friedhof zu feiern." Vati fuhr fort. „Wir werden Weihnachten mit Onkel Arthur am Abend des 9. Mai feiern müssen, wenn wir in den Genuss der Erbschaft kommen wollen. In einem kleinen Saal des Gemeinschaftshauses, der mit einem frischen Weihnachtsbaum zu schmücken ist, soll sich die gesamte Familie versammeln. Alles soll sein, wie es am Weihnachtsabend eben ist: Weihnachtsmusik, Weihnachtsessen, Geschenke, von ihm aus auch ein Weihnachtsmann und - nun kommt Onkel Arthurs besonderer Wunsch: die Saaltüren sollen offen sein."

„Warum im Mai, hat *er* dieses Datum festgelegt?" Ich suchte noch immer nach Hintertüren.

„Wer weiß denn, was sich der alte Sonderling überhaupt dachte. Wenn er sich zu uns hingezogen gefühlt hat, dann verstehe ich nicht, warum er nicht einfach gekommen ist. Ich habe noch keinen draußen stehen lassen!" Mutti fühlte sich wirklich persönlich angegriffen.

„Es geht jetzt nicht um *wann* und *warum*, macht ihr mit oder nicht? Das ist hier das Problem". Vati kam wieder zum Kern der Sache.

„*Was*, mitten im Frühling ein öffentliches Weihnachtsfest? Nee, nicht mit mir!" Reni war empört. „Ihr könnt euch so lächerlich machen, wie ihr wollt, aber ohne mich. Was soll die Schikane überhaupt?"

„Euer Onkel kam sich Zeit seines Lebens ausgesperrt vor, besonders am

Heiligen Abend. In seinem Testament heißt es, dass er eigentlich lieber mit warmen Händen gegeben hätte, da ihn aber niemand eingeladen hat, sah er keine Gelegenheit, das zu tun."

„Ach, und nun will er nachholen, ja? Ohne mich!" Reni blieb unbeugsam.

Doch nun kam Leben in unsere Mutter: „Denke nicht, meine liebe Tochter, dass du dich da ausschließen kannst. Ein ganz langer Absatz befasst sich in dem Testament mit der Klausel *der kompletten Familie*. Wir kommen nur in den Genuss des Erbes, wenn *alle* Familienmitglieder einträchtig unter dem Christbaum versammelt sind und wenn außer dem Notar auch die staunende Öffentlichkeit Zeuge unserer Weihnachtsfeier mit Onkel Arthur wird."

„Und woher nehmen wir Onkel Arthur?" Noch hoffte ich auf die Undurchführbarkeit der gesamten Aktion.

„Er will im Geiste *und* durch ein großes Photo mitten unter uns sein, hat er im Testament verkündet." Vati wandte sich an Reni.

„Im Ernst, niemand kann sich ausschließen, ohne das gesamte Erbe aller Familienmitglieder zu vertun. Sollte sich nur einer weigern, diesen Wunsch des einsamen alten Mannes zu erfüllen, dann fällt die gesamte Erbschaft an die Heilsarmee. So ist das!"

Dann wandte er sich an uns Geschwister:

„Ach, da ist übrigens noch eine Kleinigkeit. Onkel Arthur scheint sehr verbittert gewesen zu sein über unsere gesammelte Lieblosigkeit. Er schreibt in seinem Testament, dass es ihn sehr bedrückte, in einer so kalten Welt gelebt zu haben. Da es nicht zu seinen Rechten und Pflichten gehört habe, die Kinder seiner Nichten und Neffen zu erziehen, will er wenigstens post mortem erreichen, dass sie dermaleinst liebevoller mit ihren Alten umgehen, als sie es von uns, ihren Eltern, gelernt haben könnten. Als Anreiz setzt er dem unserer Kinder, das die lebensnächste Interpretation der

Weihnachtsbotschaft darlegt, eine großzügige Sonderprämie aus, in Form einer Rundreise durch das Heilige Land. Der Pfarrer, der auch seiner Bestattung beigewohnt hat, wird als Jury fungieren, wenn an unserem Heiligen Abend diese Überlegungen vorgetragen werden."

„Mir scheint, dass wir etwas versäumt haben, als wir unseren Onkel so wenig kennen wollten." Reni war von Wut auf Nachdenklichkeit umgeschwenkt, eine Entwicklung der Gefühle, die nicht nur sie, sondern auch alle anderen Erben durchmachten, ich eingeschlossen.

Im Laufe der Zeit machte es uns immer mehr Spaß, sich einmal außerhalb der Saison und aller Klischees mit der Weihnachtsbotschaft zu befassen. Es kam soweit, dass wir fast so etwas wie Missionseifer an den Tag legten, wenn wir den verblüfften Zeitgenossen erklärten, warum man auch im Mai Weihnachten feiern kann.

War es anfänglich auch wirklich nur der Gedanke an die große Erbschaft, so lernten wir doch alle eine ganze Menge in diesem Adventsfrühling und als *der* Abend angebrochen war, fühlte sich kaum einer von uns davon peinlich berührt, dass irritiertes und amüsiertes Publikum bei unserer Feier zuschaute. Es entbehrt ja auch nicht einer gewissen Komik, wenn man als Uneingeweihter sechs Erwachsene und sieben Jugendliche mitten in der Baumblüte einen Christbaum schmücken sieht. Auch muss es für diesen Zeitgenossen höchst befremdlich geklungen haben, als er, statt: „Alle Vögel sind schon da...", „Alle Jahre wieder" zu hören bekam. Manch einer suchte ganz offensichtlich nach der versteckten Kamera. Vollends verwirrt aber wurden unsere Zaungäste, als nach dem Weihnachtsgedicht der beiden jüngeren Kinder von Tante Rosi ein Pfarrer die Weihnachtsbotschaft verlas und uns Jugendliche um unsere Interpretation bat. Reni war übrigens als einzige darauf gekommen, warum Onkel Arthur ausgerechnet diesen Abend zum Zelebrieren *seines Heiligen Abends* erklärt hatte. Es war der

Abend des Muttertages.

„Weihnachten gilt allgemein als *das Fest der Liebe*", referierte sie: „Oft aber ist diese Liebe erdrückt von lauter Sentimentalitäten und Oberflächlichkeiten oder schlimmer noch, sie erschöpft sich darin. Die große Freude über die Geburt Jesu verkümmert zur Freude über Nichtigkeiten, denn wir meinen unsere Liebe am besten durch großen materiellen Einsatz ausdrücken zu müssen und beschränken daher den Kreis der zu Beschenkenden auf wenige Verwandte und enge Freunde. Eine Ausnahme bilden absetzbare Spenden", hierbei blickte sie auf ihren Vater. „Die Freude und die Liebe zum Anderen hält oft nur für diesen einen Tag an, wird sogar gerne auf ihn vertagt. Heiligabend und Muttertag sind sich ähnlicher, als man denkt," erklärte sie weiter, „nur an diesem Tag durch Geschenke, Blumen und Gedichte bekundete Liebe, ist gar keine. Ich verstehe nun auch, warum Onkel Arthur ohne uns beigesetzt werden wollte. Es gibt ein Zu-spät unter Menschen, doch bei Gott nicht und weil Onkel Arthur das wohl wusste, hat er uns diese Chance zur Besinnung geschenkt. Danke Onkel Arthur."

Reni befindet sich zur Zeit am See Genezareth, wo sie sich von den Strapazen ihrer Israel-Rundreise erholt.

7. Januar - Fragen zur Geschichte:

War'n die Könige noch da
heute früh am Morgen?
Hatte Josef genug Zeit,
Essen zu besorgen
oder packt' er nur geschwind
auf den Esel Frau und Kind
während die: „Macht 's gut!" nur riefen,
selbst geschwind nach Hause liefen.

        Hatte Josef genug Geld,
        tauschte er den Weihrauch
        und die Myrrhe oder nahm
        er am End das Gold auch,
        weil er keine Arbeit fand
        dort in dem Ägypterland,
        die Familie zu ernähren.
        Kann das irgendwer mal klären?

Was geschah mit Josefs Kunden,
die daheim in Nazareth
auf den Dachstuhl warten mussten
oder auf ein Fensterbrett?
Gingen die zur Konkurrenz,
blieben sie ihm treu?
Stets am sieb'ten Januar
frag ich mich das neu.

Wenn Maria zu uns reden könnte, dann....

Shalom - gelobt sei der EWIGE.
Entschuldigt bitte, dass ich mich in eure Tischgesellschaft dränge, aber ich muss mich unbedingt einmal mit Menschen von heute unterhalten. Von Jahr zu Jahr verstehe ich eure Art das Weihnachtsfest zu begehen nämlich immer weniger... Es geht doch um die Geburt meines Sohnes, oder?
Wenn ich höre, was ihr so alles von mir und meinen Empfindungen zu wissen meint, dann muss ich mich sehr wundern und auch in den Bildern oder Statuen, die mich darstellen sollen, erkenne ich mich nicht.
Ich gekrönt, *ich* in prachtvollem Gewand?
Lasst mich das mal aus meiner Sicht erzählen und vielleicht versteht ihr dann mein Erstaunen darüber, **wie** ihr die Erinnerung an das Geschehen damals aufrecht erhaltet, - ob eure Sitten und Gebräuche wirklich zu **dem** passen, was wir durchlebt haben – Josef und ich. Mir scheint, unser Erleben und euer Gedenken daran, wollen nicht zueinander passen:
Da sitzt ihr an einer festlich gedeckten Tafel, habt einen feierlichen Glanz im Auge, eine gute Mahlzeit vor euch und mitunter zuvor sogar Geschenke ausgetauscht. Um euch herum ist es warm, eure Straßen und Wohnungen sind schöner geschmückt, als sie es während des ganzen Jahres waren und **in dieser Umgebung gedenkt ihr der Geburt meines Sohnes!?**
Ich habe das alles ganz anders erlebt:
Wer war ich denn damals? Eine ganz unbedeutende junge Braut. Den Mann hatte ich mir wie üblich nicht selbst ausgesucht. Meine etwas überalterten und sehr besorgten Eltern hatten mich durch Vermittlung

der Priester einem älteren, verwitweten Zimmermann anverlobt. Ich sollte vor den Belastungen einer –ich will das mal so ausdrücken: *fleischlich orientierten Ehe* bewahrt werden. Mir war das recht. Was wusste ich denn von sinnlichen Vergnügen? So vertraute ich darauf, dass Eltern und Priester für mich bestimmt das Beste wollten. Mein Lebensweg stand mir klar vor Augen. Zur rechten Zeit würde ich von meinem Bräutigam heimgeholt werden, sein Lager teilen, -was immer dabei auch von mir erwartet würde-, Haus und Hof versorgen, meinen Platz unter den verheirateten Frauen am Brunnen haben und - so es möglich war, ab und an zu den großen Festen nach Jerusalem pilgern. Gar keine schlechten Aussichten, alles schön im Rahmen und berechenbar. Auf bescheidene Weise ein angenehmes Leben!

Dann kam der Engel des HERRN und warf alles über den Haufen. Obwohl... Nach dem ersten Schreck war ich ganz ergriffen vom Plan des HÖCHSTEN. Endlich mal etwas anderes, als das tägliche, planbare Einerlei. Eine besondere Beachtung war mir sicher. Ich würde nicht nur irgendeine Frau am Brunnen unseres Dorfes sein - nur die Frau des Zimmermanns - man würde mich die Mutter des Messias nennen, wir würden am Tempel wohnen oder in einem Palast? Bald war ich ganz erfüllt von der Aussicht, den Retter der Welt zu tragen. Das Leben erschien mir plötzlich richtig aufregend. Die Zukunft unseres Volkes tat sich herrlich vor meinem inneren Auge auf, so als ob ich sie schon durch ein Fenster sehen würde: Armut, Unterdrückung und Erniedrigung unseres Volkes waren vorbei. Die Frucht *meines* Leibes würde es aus allem Elend herausführen!

Ich war völlig aus dem Häuschen und weil niemand da war, dem ich von diesen herrlichen Aussichten erzählen konnte, bin ich zu meiner Cousine gelaufen. Nur eine kurze Nachricht habe ich für Josef zurück gelassen:

‚*Ich bin bei Elisabeth, wir beide haben viel Gemeinsames zu bereden. Mach dir keine Sorgen.*'

Als ich das schrieb, kamen mir nämlich erste Zweifel. Was würde mein Verlobter von Allem halten? Der Engel hatte mir erklärt, dass der Sohn geistgezeugt sein würde. Die Rolle Josefs hatte er nicht so deutlich erklärt. Was sollte mir denn Sorgen bereiten, wenn alles auf Geheiß des HÖCHSTEN geschähe, beruhigte ich mich selbst. Dennoch sehnte ich mich nach einem Gespräch von Frau zu Frau und Elisabeth würde mich verstehen, schließlich hatte ein Engel auch ihre Schwangerschaft angekündigt.

Es war eine schöne Zeit, dort bei ihr - die letzten unbeschwerten Tage meines Lebens. Trotz der Stummheit des Zacharias herrschten Fröhlichkeit und Zuversicht, summte das Haus vor Betriebsamkeit in Erwartung der bevorstehenden Niederkunft meiner Cousine. Auch sie war ja gesegneten Leibes und verstand deshalb meine eigene Verfassung besonders gut.

Um das Geschehen der Zeugung sollte ich mir keine Sorgen machen, riet sie mir. An ihr sehe man ja am besten, dass bei GOTT kein Ding unmöglich sei.

Josef verhielt sich dann auch wirklich sehr einsichtig. Er nahm mich und alles, was an mir geschah, als vom HÖCHSTEN gegeben an. Ich zog in sein Haus und vorerst verlief mein Leben so, als hätte es den Engel nie gegeben. Mein Leib rundete sich, die Arbeit wurde mir langsam sauer, die schweren Wasserkrüge ließen mich meinen Zustand morgens und abends besonders deutlich spüren, auch beim Melken musste ich mich in der letzten Zeit sehr quälen. Das Euter der Ziege hängt ganz schön tief. Früher war mir das nie so aufgefallen. Immer wenn ich am Brunnen von den Beschwerden der Schwangerschaft redete, überschütteten mich die

Nachbarinnen mit ihren eigenen Erfahrungen und guten Ratschlägen. Dass sie all das auch schon durchlebt und überstanden hatten, gab mir Mut. Es ist ja so, ich habe das später auch bei anderen jungen Frauen bemerkt, wenn eine zum ersten Mal schwanger ist, hält sie alle damit verbundenen Umstände für einmalig, weltbewegend, unüberwindlich und beängstigend. Da tut es gut, wenn sie dann von anderen erfahrenen Frauen umgeben ist. Ich war zufrieden.

Von der besonderen Rolle, die das Kind spielen würde, hatten wir aber noch nichts verlauten lassen. Sie war mir zu diesem Zeitpunkt auch gar nicht so wichtig. Jetzt war jetzt und die Zukunft hatte noch Zeit.

Alles änderte sich mit diesem irrsinnigen Befehl.

Wäre der Kaiser in Rom doch ein paar Jahre später auf diese Idee gekommen! Mir wäre so viel körperliches Ungemach erspart geblieben.

Ich habe lange nicht verstanden, warum der EWIGE, gepriesen sei sein Name, uns soviel Sorge und Schmerz auferlegt hat. Heute ist mir Vieles klarer: Bevor die Luft nach einem stickigen Sommer wieder frisch und klar ist, gibt es auch erst Unwetter. Der Befehl nach Bethlehem zu ziehen war sozusagen die erste Sturmbö, ein Zeichen! Es sollten uns aufmerken lassen, Josef und mich, damit wir uns an die Prophetenaussagen erinnern - Bethlehem, Königtum und Messias gehören ja zusammen. Eigentlich wussten wir das ja auch, doch zu diesem Zeitpunkt war ich nur eine überbelastete, hochschwangere, junge Frau und haderte mit den Umständen.

Bethlehem, Stadt unserer Vorfahren! Dass ich nicht lache! Nur weil am Tempel die Priester mit soviel Akribie die Geschlechtsregister führten, mussten wir uns auf den weiten Weg machen. Seit Generationen lebte da kein Mensch mehr, den wir kannten. Sie können das heutzutage mit den Siebenbürger Sachsen vergleichen. Die sind genauso Deutsche, wie wir

Bethlehemer waren. Kein Mensch fühlte sich verpflichtet uns Unterkunft zu gewähren. Alle sahen uns verständnislos und misstrauisch an. Ihre Mienen sagten:
Können wir denn was für diesen Marschbefehl des Kaisers?
Mehr als alle Räume zu vermieten, können wir schließlich nicht und wer zuletzt kommt, hat eben schlechtere Karten."

In Krisenzeiten wird ja aus jedem Zimmervermieter oder Hausbesitzer ein kleiner König. Menschen, die bittend vor einer Tür stehen, haben plötzlich ihre gesamte Vergangenheit, sämtliche Verdienste und gesellschaftlichen Ränge verloren. Am *falschen* Platz erlangt man als Bittsteller eine Rolle, die mit einem faulen Zahn zu vergleichen ist, - weg mit ihm, er stört!
Josef ließ wirklich kein Haus aus, hatte schon Hornhaut auf den Knöcheln vom Klopfen, und sein Rücken schmerzte vom vielen Verbeugen. Es waren schlimme Tage, als wir so unterwegs waren. Nicht nur der römische Kaiser und seine heidnischen Handlanger bedrückten

uns, viele unseres eigenen Volkes taten es ihm gleich.

Josef war rührend um mich besorgt, doch konnte er mir die Last des weiten Weges auch nicht abnehmen. Die Rückenschmerzen wurden immer stärker. „Das sind Senkwehen, junge Frau", erklärte mir eine andere Reisende. „Sehen sie mal zu, dass ihre Frau bald zur Ruhe kommt," riet sie meinem Mann.

Das war leichter gesagt als getan. Doch der HÖCHSTE, gepriesen sei SEIN Name, stand uns bei. Ich hielt durch, bis wir am Ziel der Reise auch ein Quartier gefunden hatten. Nach so vielen Tagen war mir jedes Dach recht, wenn es uns nur Schutz bot vor den Stürmen und Regenschauern des Winters. Dabei war die Jahreszeit für dieses Unternehmen immer noch besser als der heiße Sommer. Des Nachts friert man auch im Sommer, doch bei Tage hätte ich den Weg in meinem Zustand noch schwerer verkraftet.

Ich sagte es schon, der HERR war mit uns. Wäre diese Gewissheit doch immer da, wenn man völlig mutlos ist. Uns ging es nicht anders als ihnen heutzutage: In der Situation wären wir manchmal fast verzweifelt und erst hinterher wurde uns klar, wo überall der Arm des HÖCHSTEN bereit war, zu helfen und zu retten.

Dann kam meine Stunde. In ihrer Geschichte klingt das so schön glatt: „Und sie gebar ihren ersten Sohn und wickelte ihn in Windeln und legte ihn in eine Krippe..."

Seltsamerweise stören sie sich immer an dem Stall und an der Krippe, aber niemals daran, dass *ich* es war, die die Erstversorgung des Neugeborenen vornehmen musste. Das war nämlich das Schlimmste an der ganzen Situation: Ich war bei der Geburt meines ersten Kindes ohne weiblichen Beistand! Überall war es voll, in jedem Haus drängten sich die Menschen, aber wir waren alleine dort draußen in dem Stall. Josef war auch ziemlich hilflos. Die Söhne seiner ersten Frau waren ohne sein Zutun entbunden worden. Seine geburtshilflichen Erfahrungen hatte er beim Werfen des Viehs erlangt. Er tat sein Bestes und es ging ja auch gut, aber noch einmal wollte ich das nie wieder durchmachen müssen. Diese Hochstimmung, von der ich nach dem Besuch des Engels erfüllt war, hatte sich völlig aufgelöst. Ratlosigkeit und Angst waren an ihre Stelle gerückt. Worauf muss man achten, damit ein Neugeborenes nicht zu Schaden kommt? Josef wollte Hilfe holen, doch ich wollte ihn nicht weglassen.

Wiederum zeigte sich, dass wir unter dem Schutz des HÖCHSTEN standen. Josef musste gar nicht fortgehen um Hilfe zu holen, die Helfer kamen zu uns. Hirten standen nämlich plötzlich mitten in der Nacht vor unserer Tür.

Sie waren ganz ergriffen, als sie meinen kleinen Sohn sahen. Wir beide, Josef und ich, wirkten wohl trotz aller Angst so froh und beglückt, dass die Hirten richtig gerührt waren von unserem Anblick. Sie teilten ihr Weniges mit uns - ein Fell für das Kind, Milch, Brot und ein paar Oliven für uns, sogar etwas Lampenöl - dann gingen sie eilends in die Stadt und holten weitere Hilfe. Endlich konnten wir uns unserer Freude ganz hingeben, doch die Tage und Stunden zuvor möchte ich nicht noch einmal durchmachen müssen.

Jetzt, da ich alles noch einmal in der Erinnerung durchgemacht habe und sie bei ihrer Feier sehe, denke ich plötzlich:

Vielleicht tun sie ja doch gut daran, dass sie der Geburt meines Sohnes in schönerer Umgebung gedenken. Es ist ja heute nicht so entscheidend für sie, wie er geboren wurde, sondern, dass er ein Mensch geworden ist und ich schließe mich ihrer Meinung an: Das ist wirklich ein Grund zum fröhlichen miteinander Feiern und großer Freude!

Es wurde Licht

"Markt und Straßen steh'n verlassen,
hell erleuchtet jedes Haus... -„
Wie würd' Storm sich heute wundern,
sieht 's doch soviel heller aus.

Sterne, Engel, Rentierschlitten,
Kerzen, selbst der Weihnachtsmann,
strahlen flinkernd überall
Fenster und Fassaden an.

Dicht bespannt mit Lichterketten
sind die Bäume „Untern Linden"-
auch am Kudamm eilte man,
die Platanen zu umwinden.

Gibt so unsrer Sehnsucht Ausdruck,
Wärme, Licht und Fröhlichkeit,
sollen weiter uns umgeben,
auch in dunkler Jahreszeit.

Aber nicht vor Totensonntag!
Erst muss es mal dunkel sein,
damit wir 's zu schätzen wissen,
dass es hell wird und uns freu'n.

Wattebart und Bermudashorts

Manne Spatz hatte noch nicht viel von der Welt gesehen.
In seiner frühen Jugend, da **reiste** er nicht, sondern fuhr in Ferienlager oder ins Grüne mit Muttern. Dazu quetschte man sich in irgendeinen Vorortzug und dann wurde getippelt. Wer Glück und gute Verbindungen hatte, gelangte vielleicht ins sozialistische Ausland nach Polen, Bulgarien oder in die Tschechei – aber einer wie Manne Spatz nicht! Der kam nicht weit - es blieb immer die nähere Umgebung von Berlin - märkische Dörfer, die alle gleich rochen und Zelte, in denen es immer zu warm oder zu kalt und nass war. Nee, Reisen war das nicht. Manne hatte aber eine genaue Vorstellung davon, *wie* „richtiges" Reisen abläuft: Das beginnt mit der Suche nach dem Ziel. Das sollte Erholung, Spaß und jede Menge Sonne bieten sowie in wunderschöner Landschaft liegen. Weiter gehörte dazu tadellose Kost, dargereicht von freundlichen, stets dienstbereiten Menschen. *Das* ist Reisen und genau so wollte auch Manne es haben. Er hatte viel nachzuholen.
An Bildung, Museen und Ausgrabungen, Schlösser und Kirchen dachte Manne in diesem Zusammenhang übrigens niemals.
Doch leider haben die Götter zwischen Start und Ziel eine Hürde eingebaut - die Bezahlung.
Schon häufiger hatte Manne versucht diese Hürde zu nehmen.
Im direktesten Anlauf der ihm einfiel, im Beantragen von Reisezuschüssen, war ihm kein Glück beschieden. Nur eine kostenfreie Fahrt in die Lüneburger Heide mit dem katholischen Jungmännerwerk bot man ihm an. In der Bibliothek fand er heraus, dass die Lüneburger Heide nicht viel weiter weg lag, als die Ausflugsziele seiner Jugend.

Das war ja wieder keine *richtige* Reise!

Für Mallorca gab es solche Zuschüsse nicht.

Da man ihm also nicht mehr bieten konnte, musste er versuchen anderweitig zu Geld zu kommen.

Nach einigen Wochen, die er erfolglos auf den Fluren des hiesigen Arbeitsamtes verbracht hatte, sagte er sich: „Manne, wo ein Wille ist, ist auch `ne Bank!"

Bei der *Volksbank* war es zu voll.

Bei der *Sparkasse* schloss man gerade die Türen ab, als er sein Fahrrad anschließen wollte.

Die *Dresdener Bank* hatte geöffnet, also versuchte er es dort.

Erst kam man ihm sehr entgegen, die Tüte war schon fast voll, da schlossen sich Handschellen um seine Gelenke und zweieinhalb Jahre Vollpension in Tegel waren alles, was noch dabei herauskam.

Nun war er schon fast dreißig. *„Was man mit dreißig nicht erreicht hat, das wird auch nichts mehr",* hatte seine Oma immer gesagt.

Manne musste sich also dringend etwas einfallen lassen. Dazu hatte er genügend Zeit gehabt - immerhin dreißig Monate. An Beratern hatte es ihm auch nicht gefehlt. Die verschiedensten Fachleute in Sachen *Geldbeschaffung* hatten ihn umgeben und mit Ratschlägen nicht hinterm Berg gehalten.

Doch *wie* gut alle Ratschläge auch klangen, soviel war sicher, sie führten wieder nur nach Tegel und nicht in die weite Welt!

Manne hatte sich deshalb seinen eigenen Weg erdacht, eine eigene Tarnung. Er würde in der Masse mitschwimmen - erst hier in der Tarnung der Saison und dann in der Kluft der anderen Saison, also per Weihnachtsmannkostüm im kalten Deutschland zur Badehose im sonnigen Süden. Als Weihnachtsmann unkenntlich und doch nicht verdächtig, wollte er am Heiligen Abend in ein, zwei lohnende Objekte einsteigen. Ihre Besitzer würden dann im Gottesdienst sein.

Die Adventszeit war mit den Vorbereitungen für *seine* Bescherung ausgefüllt. Vor der Kirche einer besseren Wohngegend hatte er so manchen Sonntag verbracht und die Besucher beobachtet, deren Vermögensstand an Hand von Schmuck, Klamotten und Automarke, sowie die Heimatadresse erkundet. Seine Rechnung gründete auf der Annahme, dass derjenige, der an ganz normalen Sonntagen zur Kirche geht, dieses auch am Heiligen Abend tun wird.

Natürlich sollten seine *Auserwählten* kinderlos sein. Das wusste ja schließlich jeder, dass Weihnachten das Fest der Kinder ist. Er, Manne, war schließlich kein Schurke, der anderen die Freude verderben wollte.

Seine Hauptfavoriten waren die Eheleute Damm. Ein neuer Mercedes 300 SEL, Pelzmantel und etliche Schmuckstücke, Designertäschchen und passende Schuhe von Frau Damm, ließen auf gehobenen Lebens- und Vermögensstandard schließen. Die Wohnung würde bestimmt noch die eine oder andere Kostbarkeit beinhalten. Kinder und Personal waren nicht vorhanden. Alles stand zweifelsfrei fest.

Eine „Zweitadresse" hatte sich gleich zwei Häuser weiter angeboten. Ein jüngeres, ebenfalls kinderloses Paar, bei dem einiges an Elektrogeräten und Fotoutensilien zu finden sein dürfte. Bei etwas Glück hoffte er sogar beide besuchen zu können. Warum sollte ein Weihnachtsmann am Heiligen Abend denn leer ausgehen? Er, Manne, würde sich seinen Gabensack selbst füllen.

Erstmals in seinem Leben besorgte er sich einen Gemeindebrief und kam sich direkt ein bisschen besser vor, als er das Gemeindebüro betrat, um nach den Uhrzeiten für die Gottesdienste am Heiligen Abend zu fragen. Die freundliche Dame lud ihn sogar noch zur Kaffeetafel ein. Wäre bestimmt nicht schlecht, doch wollte er *noch* lieber eine hoffentlich fette Beute in Sicherheit bringen. *„Dienst ist Dienst und Schnaps ist Schnaps, mein lieber Spatz".* Seine Oma fiel ihm immer öfter ein.

Drei Gottesdienste wurden angeboten. Manne war jeder recht. Er war auf alles vorbereitet: Maske, Kostüm und Sack lagen in seinen Satteltaschen. Nachher würde er den vollen Sack schieben können. Für den stilechten Schlitten fehlte der Schnee.

Kurz vor 16 Uhr verließen Damms festlich gekleidet und ebenso gestimmt das Haus und bestiegen den bewussten Mercedes. Auch das junge Paar, zwei Häuser, weiter trat auf die Straße. Sie schritten kräftig aus, um noch einen Sitzplatz zu ergattern.

Manne schritt ebenfalls kräftig aus. Sein Rad schloss er hinter einem Kiosk an und stülpte sich die rote Kutte über. Der Wattebart wurde hinter den Ohren befestigt, der leere Sack in den Gürtel gesteckt und das große Schlüssel-Dietrich-Bund verschwand in der tiefen Manteltasche.

In das Haus von Damms zu gelangen war keine Schwierigkeit und auch die Wohnungstürschlösser waren leicht zu knacken.

Zu seiner großen Verblüffung war nicht einmal abgeschlossen. „Die reinste Bescherung", dachte Manne. „Nicht mal das Licht haben sie gelöscht, ob sie wohl Einbrecher abhalten wollten?" Manne kicherte und freute sich über die Festbeleuchtung. Gerade wollte er das Schlafzimmer suchen, den klassischen Aufbewahrungsort für Schmuckschatullen, da standen ihm zwei Kinder gegenüber.

„Nanu, Weihnachtsmann, du kommst zu früh."

„Onkel und Tante holen doch erst Oma und Opa ab."

Manne blieb die Spucke weg. Mit Allem hatte er gerechnet, aber nicht mit Verwandtschaft, noch dazu in Form von Kindern. Dieser Familientrieb vermasselte ihm die ganze Tour. Geistesgegenwärtig nuschelte er was von „schlampigen Weihnachtsengeln" und „Terminsalat", versprach zur richtigen Zeit erneut vorzusprechen und suchte schnell das Weite.

Auf einer Bank an der Bushaltestelle verschnaufte er.

„Schon fertig, Weihnachtsmann?", fragte ihn schmunzelnd ein Fahrgast. Manne nickte nur vage mit dem Kopf und dachte bei sich: „Fertig ist der richtige Ausdruck, *völlig* fertig sogar."

Da ihm für weitere Versuche der Mut abhanden gekommen war, beschloss er sich umzuziehen und wenigstens noch ein Zipfelchen Weihnachten zu erhaschen. Nun wollte er doch in dieser Gemeinde zur Kaffeestube gehen.

„Pfeffernüsse vom Pappteller statt Kokosnüsse von der Palme", dachte er resigniert. Wieder hörte er seine Oma: *„Nomen est omen, mein Kleiner. Spatzen sind keine Zugvögel. Bleibe im Lande..."*

Es war nun schon ganz dunkel, in den Fenstern erstrahlten die ersten Weihnachtsbäume. Viele „Kollegen" liefen ihm über den Weg. Eine festlich, frohe Eile hatte die Menschen auf den Straßen ergriffen. Manne hatte es nicht eilig. Er war Zaungast. Immer wieder in die festlich erleuchteten Fenster blickend, schob er langsam sein Rad. Plötzlich trat sein Fuß auf ein kleines Päckchen. Manne stutzte und hob es auf. Im Laternenschein erkannte er ein Schmucketui.

„Verdammt feiner Laden", murmelte er anerkennend und blickte kurz darauf verzückt auf das kostbarste Armband, das er je gesehen hatte. Es funkelte ihm entgegen, wie alle Weihnachtssterne zusammen. Manne wurde richtig andächtig, erhob seinen Blick zu den viel weniger funkelnden Sternen und sagte leise: „Egal, ob du der liebe Gott bist, das Christkind oder der Weihnachtsmann, ich danke dir für das herrliche Geschenk."

Lauthals *Oh, du fröhliche* singend, bestieg er sein Rad und wollte gerade in Richtung Kaffeestube strampeln, als sein Blick auf ein paar Leute fiel, die ihm mit Taschenlampen entgegen kamen und den Boden absuchten.

„Man verliert doch keine Schmuckstücke für fast siebentausend Euro, Uli. Hättest du es doch bloß..." Manne hörte gar nicht weiter hin. *7000 €,* wie Weihnachtsglocken dröhnte diese Summe in seinem Schädel! 7000 €, das bedeutete etwa zehn Mal verreisen, Mallorca, Teneriffa, Griechenland und... Da sah Manne vor seinem inneren Auge erneut seine Oma: *„Erst haben und 'nen Ende mit weg sein",* hatte die immer gesagt, wenn Manne mal wieder von ganz sicheren Einkommensquellen phantasiert hatte. Plumps - da war er wieder auf dem Boden der Realität und das war gut so, denn gerade noch hörte er, wie der Verlierer hoffnungsvoll sagte: „So ein Stück ist ja einmalig, das kann keiner so einfach veräußern. Außerdem ist heute Weihnachten, da geschehen manchmal Wunder. Ich bin sicher, dass der Finder es zum Juwelier bringt und gerne die siebenhundert Euro Finderlohn kassiert."

700 €! Diesmal klangen die Glocken in Mannes Kopf nicht ganz so dröhnend, sondern sanfter, eigentlich angenehmer. 700 € ehrlich erworben und damit reisen ohne Sorgen!

- *Weihnachten geschehen manchmal Wunder* -. Sollte er jetzt gleich oder erst in drei Tagen beim Juwelier kassieren? In Mannes Kopf überkugelten sich Gedanken, Fragen und Wünsche.

Da hatte ihn der Verlierer erspäht.

„Entschuldigung, haben sie vielleicht so ein kleines Päckchen liegen sehen? Es enthält ein sehr kostbares Armband - es hätte so ein schöner Abend werden sollen-..." Ganz elend sah er aus. Manne konnte nicht mehr. Obwohl er die Antwort kannte, fragte er: „Meinen sie dieses hier?"

Was soll ich noch erzählen? Manne kassierte sogar 1000 Euro Finderlohn, 300€ als Bonus für den wieder gefundenen Weihnachtsfrieden.

Davon flog er für drei Wochen nach Teneriffa, außerhalb der Saison.

In flotten Bermudashorts, unter Palmen am Strand, einen Drink auf der gebräunten Brust haltend, lag ein rundum glücklicher Manne und wieder war es ihm, als hörte er seine Oma sagen: *„ Siehste Manne, ehrlich währt am längsten."*

Wenn Manne *Wilhelm Busch* gekannt hätte, würde er ihn noch passender gefunden haben:

Wenn man von dem Lohn der Tugend
hin und wieder was erfährt,
so ist das im Allgemeinen
jedenfalls nur wünschenswert.

Tannenschicksal

Die Tannen wiegen sich im Wind.
Ob sie wohl froh darüber sind,
dass sie noch fest im Garten steh`n
und nicht den Weihnachtsbaumweg geh`n?

Auch sie sind weihnachtlich geschmückt,
mit Lichterketten reich bestückt,
und Meisenbälle seh` ich hängen,
um die sich nicht nur Meisen drängen.

So hat ein Teil der Kreatur
etwas vom Weihnachtswunder, - nur
die Weihnachtsbäume haben Pech,
die wirft man nach dem Fest bald wech.

Sti(e)lvoll

Sie waren noch nicht lange verheiratet. Erst im September hatten sie sich trauen lassen. Getraut hatten sie sich schon vorher, aber das gehört nicht hierher.

„Erst muss unsere Wohnung fertig sein", hatte Uli gewünscht, „sonst ist es kein richtiger Anfang. Ich will ganz stilvoll über unsere eigene Schwelle getragen werden."

Die Wohnung war fertig - na, was man bei einem Neubau so fertig nennt. Alle naselang, immer dann, wenn man nicht aus dem Geschäft weg konnte, wollte ein Handwerker unbedingt in die Wohnung, um noch diese oder jene Nachbesserung vorzunehmen. „Das kann zwei Jahre so gehen", hatte die Hauswartfrau ihnen gesagt, „so lange müssen Garantiearbeiten durchgeführt werden von den Baufirmen."

Hans und Ulrike hatten sich darauf eingerichtet, nur *eingerichtet* waren sie noch immer nicht.

„Nichts ist unpersönlicher, als so eine Schaufensterwohnung", hatte Uli gesagt. „Bedenke, wie viel hübscher es ist, individuelle Stücke zu erstehen, solche, die eine eigene Geschichte haben."

Sie hatte sich sogar soweit verstiegen zu behaupten, dass Einrichtungsgegenstände, zumal gebrauchte, eine Seele haben, eine Ausstrahlung.

„Möbelstücke müssen sich aneinander gewöhnen können, erst dann sind sie bereit, ein neues Stück in ihrer Nähe zu dulden. Möchtest du etwa in einer seelenlosen Behausung dein Dasein fristen?"

Nein, das wollte er natürlich nicht, auch wenn er seine Uli für seelenvoll

genug hielt, einen Schuhkarton in ein Traumhaus zu verwandeln.
Das war ja gerade das Nette an ihr.
"Nie wäre ich glücklich in diesem Stil, eher Nicht-Stil, den diese Möbel von der Stange haben. Hu, nee, da sieht es bei jedem gleich aus. Derzeit wohnt doch jeder entweder in nordischer Kiefer, Buche oder rustikal in deutscher Eiche." Uli schnitt immer angewiderte Grimassen, wenn Kataloge ins Haus flatterten.

Kurz gesagt, bestand ihre Wohnung aus einem französischen Bett - ungebraucht gekauft, aber mit sehr viel persönlichem Einsatz eingewohnt - einem wirklich praktischen, jedoch scheußlichen, alten Kleiderschrank und einem völlig unnötigen, aber gerade darum so originellen, Waschtisch samt Schüssel und Kanne. Die Küche war, Gott sei 's gedankt, komplett eingebaut vom Bauherrn und im Wohnzimmer gewöhnten sich eben jetzt vier verschiedene Sitzmöbel aneinander. Tonanlage und Fernseher standen auf einer Ziegelstein-Brett-Konstruktion und als Tisch dienten drei Hohlblocksteine mit einer Glasplatte, welche vor dem Umbau von Hansis Arbeitsstätte in einer Bank als rechte Begrenzung der Kasse gedient hatte. Die Bücher befanden sich ordentlich aufgereiht am Boden dort, wo dermaleinst ein Bücherschrank oder Regal geplant war. Freifläche ansonsten, wohin das Auge blickte, denn auch Wandschmuck kauft man nicht, er muss (Originalton Uli) „einem begegnen, quasi anspringen und etwas sagen!"

Auf Hansi wirkten diese Freiflächen nicht wohltuend und gerade jetzt, in der Adventszeit, verlangte seine Seele nach Schmuck - viel Gold, Tanne und Glimmer.

Uli hingegen liebte es eher karg. Sie war fest davon überzeugt: „Schlichtheit fordert die Phantasie heraus, bringt das Wenige zum Leben, setzt das Kreative im Menschen frei."

Hansi passte sich Uli weitgehend an, jedoch jetzt fror sein Blick in den gemeinsamen vier Wänden ebenso, wie seine Füße draußen auf der Straße. Nicht zum stillen Dulder geboren, beschloss er sich einen Wunsch zu erfüllen und Uli notfalls zu überrumpeln: Er kaufte den größten und breitesten Baum, den das Zimmer seiner Meinung nach bergen konnte.

„Genau genommen hat Uli recht", sagte er sich, „jetzt werde ich so kreativ, wie nie zuvor."

Den Baum versteckte er im Garten von Freunden und verpflichtete diese zu absoluter Schweigsamkeit Uli gegenüber.

Dann erstand er rote und goldene Bastelfolie. Von nun an schnitt, klebte und faltete er in seinen Pausen Sterne, Ketten und Engel.

Anfänglich feixten die Kollegen, doch dann baten sie, ihm helfen zu dürfen. Fast wie in der Schule saßen die Damen und Herren im Pausenraum goldene Ringe aneinander klebend, lehrten sich gegenseitig neue Falttechniken und diskutierten die Wirkung der verschiedenen Materialien. Inzwischen waren nämlich noch Stroh- und Spansterne entstanden.

Auch am Tag des Heiligen Abends hat eine Bank geöffnet. Erst um 15 Uhr kam Hansi mit dem Baum zu Hause an. Er stellt ihn in den Hof und betrat sein Heim.

Es roch sehr weihnachtlich. Uli hatte vor lauter Aufregung rote Backen wie ein Jonathanapfel und strahlte ihren Hansi geheimnisvoll an.

„Schatz, du darfst ins Bad und ins Schlafzimmer, auch in die Küche, jedoch auf keinen Fall ins Wohnzimmerzimmer", verkündete sie.

„Wie soll ich dann meine Überraschung aufbauen? Kannst du nicht deine Überraschung mit einer Tischdecke abdecken, ich schaue auch ganz gewiss nicht darunter", bot er ihr an.

Uli begann fast zu weinen. „Ach bitte, ich habe mir alles so schön ausgedacht. Deine Überraschung kann gar nicht so groß sein wie meine. Ich war zuerst hier."

Enttäuschung machte sich in Hansi breit. Auch Ratlosigkeit. Mit den Kollegen hatte er soviel phantasiert, was Uli sagen würde, wenn sie *den* Baum sähe, den vielen selbst gemachten Schmuck... Wie stand er denn nun da?

Der erste große Streit war im Anmarsch, da sah Uli auf die Uhr.

„Du, ich habe eine Idee. Es ist doch schon ein wenig schummrig. Eigentlich wollte ich jetzt noch in die Badewanne gehen. Ich disponiere einfach um und koche gleich Kaffee, dann beschere ich dich. Danach gehe ich in die Wanne und du baust Deine Überraschung auf und wir haben eine zweite Bescherung. Dazu trinken wir dann ein Glas Sekt."

Mit einem Kuss wurde soviel Flexibilität belohnt und dann ging's los. Kaffeekochen, Händewaschen, Uli ging voraus und öffnete die Tür.

Hansi kam vor Staunen nicht über die Schwelle. Im warmen Licht von zwei Dutzend Weihnachtkerzen, deren Glanz durch viele goldene Sterne, alle von Uli selbst gebastelt (!), noch verstärkt wurde, erblickte er den herrlichsten Bücherschrank, den er je gesehen hatte. Die lange Wand fast bedeckend, mit geschliffenen Scheiben und gewölbter Mitteltür stand er da und wetteiferte mit einem Weihnachtsbaum um den Vorrang in Bezug auf Schönheit und Vollkommenheit.

Ein greller Blitz riss ihn aus seiner Versunkenheit. Uli legte glücklich strahlend den Fotoapparat aus der Hand und verschloss seinen Mund mit einem Kuss: „Sag nichts, dein Gesicht sagt hundertmal mehr, als du es je könntest. Und hier ist es für alle Zeiten dokumentiert." Sie deutete zufrieden auf die Kamera. „Alle meine Kollegen wollten wissen, was du für ein Gesicht machst, wenn du den Baum und den Schrank siehst".

Fröhlich vom Aufbau und Baumputzen erzählend, goss sie den Kaffee ein.

Hansi aber saß wie auf Kohlen.

Endlich war es soweit - Uli ging in die Wanne und Hansi begann seine Überraschung aufzubauen.

„Na, das Gesicht werde ich auch fotografieren. Sonst glaubt es keiner", dachte Hansi, dem kurzfristig alle Felle weg zu schwimmen gedroht hatten. Die Idee mit dem Photo hatte ihn wiederbelebt. Nun erst recht!

Natürlich hatte er auch noch ein anderes Geschenk, kein Möbelstück, das war Ulis Revier, aber eine wunderschöne Kette mit passendem Ohrgehänge.

Er würde sie zwischen allen anderen Baumschmuck hängen - eine stimmungsvollere Verpackung konnte man sich nicht wünschen.

Eingestielt hatte er den Baum schon, auch die Löcher für die Kerzenhalter waren bereits vorgebohrt, alles sollte ja möglichst geräuschlos passieren, doch so sehr er sich auch bemühte, es gelang ihm nicht. Für zwei Riesenbäume nebst Bücherschrank war kaum Platz. Er musste die Ton"möbel" umsetzen. Uli trällerte zum Glück laut Weihnachtslieder in der Badewanne.

Eine halbe Stunde hatte sich Hansi erbeten, zu wenig, wie sich herausstellte. Das Blitzlicht erfasste nach weiteren dreißig Minuten eine fassungslose Uli. Als fürchte sie an Halluzinationen zu leiden, schaute sie ratlos von einem Baum zum anderen.

Da klingelte es an der Wohnungstür. Draußen standen beide Elternpaare, bepackt mit Paketen.

„Wir hatten schon heute Abend solche Sehnsucht nach euch und außerdem....", wie auf ein Kommando traten sie zur Seite und ließen so den Blick frei auf einen netten kleinen Baum. „Wir dachten..., wir wollten..., weil ihr doch sicher keinen..."

Warum sich Uli und Hans hilflos Tränen lachend in den Armen lagen, verstand fünf Minuten lang kein Elternteil – bis ihnen endlich der Vorstoß ins Weihnachtszimmer gelang.

Hausfrauenweihnacht
fast á la Heide Binner

Das Weihnachtsfest steht vor der Tür,
da gibt es viel zu planen
und von den Überraschungen,
darf niemand etwas ahnen.
Dazu wird dann wie jedes Jahr
das Dekor neu bedacht
und dies und jenes Schmuckstück
für das Fenster neu gemacht.
Der Weihnachtsbaum ist, wie man weiß,
von großer Wichtigkeit.
Für einen gut gewachsen Baum
fährt Mann zur Not auch weit.
Die bunten Teller, das Menu,
die darf Frau nicht vergessen,
was wäre denn ein schönes Fest,
ohne ein gutes Essen?
Der Festablauf wird festgelegt:
Wir trinken erst Kaffee,
zur Kirche geht 's im Anschluss dann
(wohl wieder nicht durch Schnee.)
Nach 'nem Glas Sekt ist es soweit,
ein jeder wird beschert.
Die Gans gibt es im Anschluss dann,
ganz wie es sich gehört.

Nachtrag:

Der Weihnachtsabend ist vorbei,
die Gans hat gut geschmeckt,
Geschenkpapier liegt überall,
der Küchenherd - verdreckt!
„Es war doch wieder wunderbar"
sagt jeder ganz beglückt.
Weihnachten werden Träume wahr
und Putzteufel verrückt.

Schach der Zweisamkeit

Frieda Wuttke schnaufte „Uff, diese Schlepperei bringt mich noch um." Sie stellte die Einkaufstasche auf den Küchentisch und setzte sich erst einmal hin. Eine Hitze war das! Dennoch hatte sie eben die ersten Weihnachtsmänner und Dominosteine bei Aldi gesehen.
„Verrückt, jetzt schon..." Unwillkürlich glitt ihr Blick zum Kalender, auf dem bereits die ersten beiden Tage des Monats September durchgestrichen waren. „Heute in vier Wochen hat Willi es geschafft", dachte Frieda voller Behagen. Wie schön würde es sein, wenn Willi mal nicht mehr ‚*aus dem Haus müsste*'. Zusammen könnten sie ausgiebig frühstücken, zum Einkaufen schlendern, das Mittagessen planen und es essen, wenn wirklich Mittagszeit war – nicht erst am Nachmittag. Frieda freute sich. Reisen, Theater, vielleicht eine Kreuzfahrt, neue Länder und Menschen kennen lernen...
Alles, was sie jetzt kaum taten, verschoben sie auf die Zeit *danach*.
Willi warnte zwar immer, sie solle ihre Erwartungen nicht zu hoch schrauben: „Als Rentner sind wir schließlich nicht auf Rosen gebettet. Du musst mit Einschränkungen rechnen..."
Dennoch strich sie erwartungsfroh an jedem Abend in seinem Beisein den vergangenen Arbeitstag auf dem Kalender aus und wischte seine Bedenken zur Seite:
„Die Hauptsache ist doch, wir bleiben gesund. Man kann sich auch mit wenig Geld schöne Tage machen. Uns fällt schon was ein und irgendwann kommt meine kleine Rente noch dazu. Werde mal erst Rentner."
Die Wochen waren vergangen. Der letzte Arbeitstag lag hinter ihm, die erste Rente hatte er längst kassiert, und am Adventskranz brannten schon

drei Kerzen. Willi und Frieda gewöhnten sich an das Rentnerdasein. Allerdings wuchs in Frieda der Verdacht, dass dauernde Zweisamkeit auch nicht immer paradiesisch war. Oder eben doch? Hatte Eva darum so begeistert mit der Schlange geredet, weil es ihr im Paradies *nur* mit Adam zu langweilig wurde? Frieda kam sich eingeengt vor. Früher hatte sie manchen längeren Schwatz auf dem Markt gehalten, mit der Krügern aus dem dritten Stock hin und wieder Kaffee getrunken, war in die Frauenstunde im Gemeindehaus gegangen oder nur so durch die Kaufhäuser gebummelt.

All das war in letzter Zeit eingeschlafen und ihre aushäusigen Kontakte auf ein Minimum geschmolzen. Sie mochte doch Willi nicht alleine lassen – was sollte der denn tun in der Zeit ohne sie? Von allen ihren Plänen war eigentlich nur das gemeinsame Mittagessen Realität geworden. Das Erstellen des Speisezettels war inzwischen wichtigster, beinahe einziger Bestandteil ihrer Gespräche geworden und Willi der selbsternannte *Preisfachmann*, brauchte schon etwa eine Stunde nur für die Einkaufsplanung! „Annoncenvergleich", sagte er, „ist die Seele vom Geschäft. Ich muss doch den Gehaltsverlust wenigstens ein bisschen ausgleichen." Wenn sie dann das ‚Sonderangebot' aßen, kam sich ihr Gatte fast wie der Erfinder dieses Gerichtes vor und behauptete einmal glatt: „Seit ich mitwirtschafte, schmeckt es mir viel besser."

Frieda lag schon eine spitze Erwiderung auf der Zunge, dann hatte sie sich aber doch zurückgehalten. Ihr lieber Mann brauchte dringend eine Aufgabe und Selbstbestätigung. Es war nicht zu übersehen, dass sich auch ihm so ganz sachte die Zimmerdecke aufs Haupt senkte. Irgendetwas müssten sie sich beide einfallen lassen, etwas das sie aus ihrer lähmenden Zweisamkeit erlösen würde.

Doch zuvor musste ihr noch etwas ganz anderes einfallen. Der dritte

Advent war vorüber und sie hatte noch immer kein Geschenk für ihren lieben Mann. Noch nicht mal 'ne Idee.

Außer vielleicht... Eine Annonce warb für Abonnements auf eine Verbraucherzeitschrift. „Ist so etwas ein Weihnachtsgeschenk?", fragte sie sich und hoffte, dass ihr noch etwas anderes einfallen würde. Nur kosten durfte es nicht zu viel, denn: erstens hatten sie nun wirklich spürbar weniger Geld und zweitens war Willi jetzt immer beim Einkaufen dabei. Wie sollte sie da ein paar Euros abzwacken? Sie konnte doch nicht sagen: ‚*Willi gib mir mal Geld für ein Geschenk.*' Nein, sie musste sich etwas ausdenken, das fast nichts kostet, ihm Spaß macht, die Leere ausfüllt, ... Frieda grübelte immerzu. Ständig kreisten ihre Gedanken um dieses Problem.

Und wie sah es in Willi aus?

Er kam sich vor wie ein Blatt im Herbst, abgefallen, unbrauchbar...

Seine Enkeltochter hatte ihm zur Pensionierung eine Karte mit einem abgefallenen Blatt beklebt und dazu geschrieben:

„Lieber Opa freue Dich auf den Herbst des Lebens, denn er hat auch noch ganz viele schöne Tage und Du bist ja erst im Altweibersommer (Hoffentlich ist die Oma jetzt nicht eingeschnappt!) Kuss Tina".

Traurig dachte er bei sich: „Wenn die Göre wenigstens hier wäre", aber Sohn und Familie waren nach Frankfurt gezogen, der Firma hinterher.

Auch Frieda litt sehr darunter, dass die Kinder fort waren. Gerade in der Adventszeit wurde ihnen beiden bewusst, wie einsam sie doch waren. Nicht direkt einsam, aber auch nicht umgeben von einer großen Familie, Bekannten- oder gar Freundesschar. An den Heiligabend dachte jeder für sich mit Bangen. Die Kinder waren zur Feier seiner Pensionierung gekommen und hatten sich dabei gleich für Weihnachten abgemeldet. „Wir wollen mal Weihnachten im Schnee verbringen. Ihr seid uns doch nicht böse?"

Was sollten sie dazu sagen? *Nee, nicht böse, aber traurig!* Schließlich setzt man ja Kinder nicht als weihnachtliches Festkomitee in die Welt. Also würden sie alleine sein. Sollten sie auch irgendwohin fahren? Er hatte sich im Reisebüro erkundigt und festgestellt: Zum Fest war der Saisonzuschlag besonders hoch. Gar nicht drin, bei der kleinen Rente!

Dennoch: Er *musste* etwas tun, damit seine Frieda nicht den ganzen Weihnachtsabend trüben Gedanken hinterher hinge. Sie gefiel ihm zurzeit sowieso nicht, erschien ihm irgendwie schwunglos, ohne die Fröhlichkeit früherer Tage. Ging es ihr wie ihm? Manchmal, nur ganz selten, gestand er es sich ein, dass er sich langweilte.

Wenn ihm nur etwas einfiele, dass wenigstens seine Frieda zum Fest glücklich wäre.

Zur Ablenkung von solchen Grübeleien und weil er an dem Tag noch keine Einkaufspläne gemacht hatte, studierte er erst einmal die Annoncen der Tageszeitung. Ein hübscher bunter Geschenkkatalog vom Kaufhaus fiel ihm entgegen. Lachende Kinder zeigten glücklich ihr Spielzeug. „Aus dem Alter sind wir raus. Schade!" seufzte er. Doch dann streifte ihn ein Gedanke: *„So ihr nicht werdet, wie die Kinder..."* hatte der Pfarrer neulich in der Predigt gesagt. Und dann hatte er darauf hingewiesen, wie schnell Kinder zusammenfinden, um miteinander zu spielen und zu lachen...

Willi hatte plötzlich eine Idee, endlich, das war's!

Er steckte kurz den Kopf in die Küche, gab seiner Frieda einen übermütigen Kuss auf die Nase, ergriff Hut und Mantel und verkündete seinem verblüfften Weibe: „Ich hab 'ne Verabredung mit dem Weihnachtsmann", und schon klappte die Wohnungstür hinter ihm zu.

In den nun folgenden Tagen bis zum Fest ging er geheimnisvoll grinsend umher. Vollends erstaunt war sein Weib, als er mit einem prächtigen Baum ankam und ihr später im Supermarkt riet, einen ganzen Schinken zu bestellen.

„Einmal im Jahr lass uns prassen. Dazu sind Feste da", erklärte er ihr und erstand noch zwei Flaschen Sekt und einen guten, trocknen Sherry.

Das alles kam Friedas Plänen entgegen, hatte ihr die Entscheidung erleichtert. Als Willi sich zum Mittagsschlaf zurückgezogen hatte, griff sie zum Telefonhörer und bestellte ihre Überraschung. Nun erst freute sie sich auf den Heiligen Abend, auf Willis Gesicht.... Aber auch sie war gespannt wie ein Flitzbogen. Würde er sich freuen?

Der Herr Pfarrer sagte immer, dass alle Freude, die man bereitete, wieder neue Freude hervorbrächte. Darauf wollte sie sich verlassen. Ihm und dem Gemeindebrief verdankte sie *die* Idee.

Der Weihnachtstag war da.

Der Baum, wirklich ein Prachtexemplar, war von Willi in vielen Stunden von einer gewöhnlichen Tanne in ein Kunstwerk verwandelt worden. Frieda werkelte seit Stunden in der Küche. Willi schnupperte genießerisch. Passte hervorragend in seinen Plan, was er da roch.

Gegen Mittag verabschiedete Willi sich mal für ein paar Minuten. „Ich muss noch mal zum Weihnachtsmann..." Das war Frieda recht, so konnte sie in aller Heimlichkeit das verabredete Telefonat mit dem Vermittler ihrer Überraschung führen.

Danach konnte das Fest beginnen.

Und es begann wie immer mit dem Gottesdienst.

Doch danach verhielt sich Frieda anders, als in den vielen Jahren zuvor. Statt eilig ihrem Heim zuzustreben, schob sie ihren Gatten mit den Worten: „Ach Liebling, geh' doch mal eben voraus. Du kannst ja schon die Kerzen am Baum anzünden. Ich komme gleich nach...", von ihrer Seite.

Willi war das nur lieb. Er hatte es nämlich sehr eilig heimzukommen, sonst wäre seine Überraschung am Ende vor ihm da.

Kaum war ihr Holder um die Ecke gebogen, betrat Frieda erneut die Kirche. Im Vorraum neben dem Pfarrer warteten ein Herr und eine Dame. „Das sind Frau Riedel und Herr Kühn, ihre Weihnachtsgäste. Sie werden sicher einen frohen Heiligen Abend verbringen", stellte er sie vor.

Noch etwas fremd begrüßte Frieda ihre Gäste. *„Beide sehen* wirklich *sympathisch aus",* dachte sie und schickte ein Stoßgebet zum Himmel: *„Lieber Gott, lass alles gut gehen, bitte!"*

Nun war ihr doch etwas beklommen zumute. Im letzten Gemeindebrief hatte gestanden, dass sich Einsame zur Vermittlung als Weihnachtsgäste in der Küsterei melden könnten und die Gemeinde war aufgefordert worden, sich als Gastgeber zur Verfügung zu stellen. *„In ihren Häusern ist doch sicher mehr Platz, als damals in Bethlehem!",* war an die Leser appelliert worden.

„Das ist wohl wahr", hatte sich Frieda gedacht. „Wenn die Kinder nicht kommen, dann wird es sehr leer sein bei uns." Dennoch hatte sie lange gezögert. Fremde Leute zum Fest? Den Ausschlag hatte schließlich ein Bild von ihrem Sohn Ralf gegeben. Ralf, zehn Jahre alt, versuchte sich mit seinem Vater im Schachspielen. Frieda erinnerte sich, wie gerne Willi mit seinem Sohn Schach spielte.

Das Schachbrett hatte Ralf mitgenommen. Sie könnte ihm ja ein neues schenken, doch wer sollte mit ihm spielen?

Da fiel ihr der Gemeindegruß wieder ein. Ob sie vielleicht einen Schachspieler unter ihren Anmeldungen hätten, einen, mit viel Geduld? Sie hatten.

Das Geld für ein einfaches Spiel fand sich noch in ihrer *Schwarzen Kasse*. Und nun würde Willi auch noch einen Mitspieler bekommen, wenn alles gut ging.

Und was sollte sie an den Abenden dann tun? Ob sie auch eine Dame kenne, die gerne Rommee spielt, hatte Frieda die freundliche Dame im Gemeindebüro gefragt. Auch diese hatte sich gefunden. Was Willi sagen würde? Mit viel Herzklopfen drückte sie die Klingel, die Gäste noch etwas hinter der Tür versteckt. Frieda hatte beide auf dem Weg hierher in ihre Rolle eingeweiht. Willi öffnete, doch was war das? Hinter ihm schälte sich gerade, assistiert von einem fremden Herrn, eine unbekannte Dame aus ihrem Mantel. Fröhlich und erleichtert nötigte sie *ihre* Gäste einzutreten.

Es wurde ein sehr gemütlicher Abend. Willi öffnete den Sekt und Frieda goss ihn ein, während er den Esstisch auszog. Durch die komplette Überraschung war die Fremdheit bald vergessen.

Friedas Schachspiel würden sie nach Weihnachten zurückgeben können, denn Willi hatte eine ganze Spielesammlung, inklusive einem Schachspiel erstanden und *Mensch ärgere dich nicht* zu sechst, war sowieso viel lustiger. Sie konnten auch Skat spielen, Männer gegen Frauen oder Herrenskat und Damenrommee und noch viel mehr...

Wie sagt der Volksmund? *Wer einsam bleibt, ist nur zu faul zum Suchen.*
Oder hieß der Spruch am Ende gar nicht so?

Egal, da gab es aber noch den: *Suchet, so werdet ihr finden...* Es kann aber auch sein, dass: *Wer gibt, dem wird gegeben,* hier ganz gut passt.

Engel gibt es überall
weiß H. Binner

Ein Engel hat in dunkler Nacht
die Weihnachtsbotschaft überbracht:
„Dort in der Krippe liegt das Kind,
der Gottessohn, lauft hin geschwind!"

Engel gibt es auch hier zu Land,
nicht nur zur Weihnachtszeit –
auf Straßen und auch anderswo
sind sie stets hilfsbereit.

Ein starker Arm, ein nettes Wort ,
manchmal ein guter Rat –
das macht den wahren Engel aus,
nicht dass er Flügel hat.

Ein Engel, das kann jeder sein,
der hilft, der Freude macht.
Das gilt für euch, das gilt für mich -
hättet ihr das gedacht?

Wundervolle Willi-Weihnacht

Heiligabend ist nicht *irgendein* Abend, sondern *der* Abend des Jahres. Als solcher muss er besonders geplant werden. Mit diesem Planen kann man nicht früh genug anfangen - auf keinen Fall später als Mitte November, findet unsere Mutter.
Wenn also die Fragen auftauchen:
- Was schenken wir Papa?
- Gans oder Pute?
- Wer schmückt in diesem Jahr den Baum?
- Müssen wir Onkel Willi wirklich wieder einladen, oder fällt jemandem eine gute Ausrede ein?,

dann braucht man gar nicht auf den Kalender zu sehen, um zu wissen: Es ist November.
Kommt das eine oder andere Dauerproblem Papa nahe, so nuschelt er nur : „Eure Sorgen möcht' ich haben."
Nur in einem Punkt bezieht er ganz entschieden Stellung: „Ohne Willi könnt ihr mich auch abschreiben. Mit ihm oder gar nicht!"
Mit Onkel Willi ist das so eine Sache. Böse Zungen behaupten, dass Vater die Mutter nur geheiratet hat, weil sie seinen Bruder mal drei Stunden hintereinander ertragen hat, ohne in Schreikrämpfe zu verfallen. Das war bis dahin noch keiner Angebeteten Papas gelungen. Onkel Willi ist Papas kleiner Bruder. Er ist zwölf Minuten jünger, jedoch auf keinen Fall aus dem selben Ei. Nein, ganz deutlich nicht:
Vater ist normal groß, normal blond, normal arbeitsam, normal verlässlich, normal intelligent - kurz, ein Durchschnittsvater, wie er im Buche steht.

Onkel Willi dagegen ist übergroß, rothaarig, stark wie ein Ochse, laut wie ein Wirbelsturm und hilflos wie ein Wickelkind in allen Dingen des täglichen Lebens, dabei zu so vielen Streichen aufgelegt, dass Eulenspiegel ein harmloser Witzbold gegen ihn war.

Daran hat sich bis heute wenig geändert. Nur wir scheinen zu altern, uns zu verändern, Onkel Willi nicht.

Wir Kinder stellten übrigens nie die Frage, ob er eingeladen werden sollte, wir *nicht*, denn für uns war er das Salz in der Kindheitssuppe. So unterschiedlich die Zwillinge auch waren, beide wurden Beamte. Doch damit war die Gleichheit schon vorbei, denn sie gehörten ganz unterschiedlichen Bereichen des Beamtenstandes an:

Papa wachte als Beamter des Rechnungshofes über alle Ausgaben des Staatshaushaltes, Onkel Willi hingegen fungierte als Standesbeamter. Zwischen diesen beiden Beamtenspezies schienen Welten zu liegen.

„Zu meinem Beruf braucht man viel Mut", betonte Onkel Willi gerne. „Wer keine Traute hat, der taugt nicht zum Trauen".

Und feige oder zaghaft war er wahrhaftig nicht! Würde ein zaghafter Mensch es wagen, am Heiligen Abend vor der Tür seiner Schwägerin (unserer Mutter!) zu stehen, mit drei alten Tippelbrüdern und zwei Frauen, die auch nicht ganz sauber waren?

ER stand vor der Tür, beladen mit unseren Geschenken, in Begleitung von ‚diesen Typen' (Mamas Bezeichnung), grinste und sagte: „Stellt euch vor, dieses sind zwei ehemalige Weihnachtsengel, der Nikolaus und Ruprecht, sowie der echte Weihnachtsmann. Ein Lauselümmel hat ihm nur seinen Mantel geklaut. Kann man solche Leute an *diesem* Abend draußen lassen?"

Und als er Mutters ungläubigen Blick sah, sagte er schnell:

„Keine Angst liebe Schwägerin, Ruprecht trägt eine Tüte mit Hühnchen und der Nikolaus hat in seinen Taschen auch ein paar Getränke. Sie brauchen nur ein Plätzchen in der warmen Küche, bis sie aufgegessen haben." Nun warf er einen Blick auf uns Kinder, ich glaube, er zwinkerte sogar etwas: „Ihr Rentierschlitten kommt bald um sie abzuholen. Sie haben ja heute noch zu tun und wollen auch nicht mit uns essen, sondern bleiben lieber unter sich".

Damit hatte er unseren Eltern den ersten Sturmwind aus den Segeln genommen. Was sollte Mama sagen? Papa war schon ganz zufrieden, dass keine Unkosten aus Onkel Willis Verrücktheiten auf ihn zukamen. Wir standen fasziniert dabei. Engel und andere himmlische Personen hatten wir uns schöner, zeitloser und wohlriechender gedacht.

Von solchen Vorstellungen wollte Onkel Willi aber nichts hören und als wir unsere Gäste in der warmen Küche bei Hähnchen, heißem Tee und Plätzchen zurückgelassen hatten, begann er uns zu erklären, dass dieses eben weltliche Ansichten wären.

„Im Himmel misst Gott aber mit ganz anderen Maßstäben", sagte er. „Denkt doch nur mal an den Stall von Bethlehem. Der war auch nicht piekfein und hat nach Parfum geduftet. Gerade dort sollte das himmlische Kind geboren werden. Und dann die Hirten... Heutzutage dürfen solche ungewaschenen Leute natürlich nicht zu einem neugeborenen Baby vordringen, aber damals... So ist das mit Jesus immer gewesen. Heute ist *sein* Fest, da dürfen manche Gäste auch so riechen, wie damals an seiner Krippe. Es sind eben die echtesten Weihnachtsgäste, die man sich denken kann."

An diesem Weihnachtsabend waren unsere Gedanken immerzu in der Küche. Etwas ganz und gar Ungewöhnliches vermeinten wir da zu erleben. *Echte* Weihnachtsgäste!

Wir sahen leider nicht den Schlitten, der sie abholte. Über dem ganzen

Trubel verpassten wir ihre 'Abreise'.

Noch lange danach habe ich bei alten, armen, ungepflegten Leuten überlegt, welche Aufgabe *sie* vielleicht im Himmel haben könnten.

Im Jahr darauf erlebten wir dann das schillerndste Fest, dass man sich ausdenken kann. Nein, so sollte ich das eigentlich nicht sagen. ‚man' kann sich so etwas nicht ausdenken, nur Onkel Willi, und das begann so: Beim Anbruch der Dämmerung stand Papas Bruder, für uns Kinder und die Eltern anfänglich völlig unkenntlich, als Weihnachtsmann vor der Tür, dazu *ohne* Geschenke! Was sollte denn das werden? Die Eltern waren nicht weniger verblüfft als wir, die damals sechs, acht und neun Jahre alt waren und eigentlich nicht mehr so recht an den Weihnachtsmann glaubten. Für Geschenke aber taten wir gerne noch ein Weilchen so, als ob... Wenn die Eltern es denn so wollten – und sie wollten. Darum engagierten sie trotz unseres „fortgeschrittenen" Alters weiter in jedem Jahr einen Weihnachtsmann.

Da stand er also und begann ganz „unweihnachtsmännlich" zu stottern: Von einem *vergesslichen Weihnachtsengel*, einer *verklemmten Landeklappe am Schlitten* (wir beiden Großen sahen uns vieldeutig an!) und einem *Geschenkeverteilungsnotdienst*, der völlig überlastet sei. Langer Rede kurzer Sinn:

Wir sollten uns ans Fenster stellen und warten ob und wann etwas vom Himmel käme. Er, der Weihnachtsmann sei heuer nur hier um die Auslieferung und die Empfangsberechtigung zu kontrollieren. Wir sollten schon mal unsere Gedichte aufsagen, das Lied singen und dann...

Mitten in diese Rede hinein leuchtete es vor unserem Fenster, ein richtiger Silberregen erstrahlte. (Den Eltern schwante etwas, *den* Weihnachtsmann kannten sie!)

„Ach, das wird Gabriel, der Notdienst gewesen sein", sagte der

Weihnachtsmann beglückt und stürzte ans Fenster.

Wirklich, da lag ein Korb mit vier Päckchen und ein goldbestäubter Zettel auf dem stand etwas in unleserlichen Zeichen.

„Gebt mal her Kinder. Erste Teillieferung für die Kramerfamilie", so las der Weihnachtsmann.

„Das ist in Weihnachtshieroglyphen geschrieben", erklärte er uns staunenden Kindern.

Wir standen im Weihnachtszimmer und hatten nichts als einen Korb mit vier Päckchen. Etwas ratlos betrachteten unsere Eltern den „Weihnachtsmann" und wir wussten nicht, sollten wir nun auspacken oder aufsagen... Außerdem war Onkel Willi noch nicht da...

Gerade da leuchtete es *golden* vor dem Fenster.

„Ah, der Reparaturdienst", strahlte der Weihnachtsmann, eilte ans Fenster und versperrte uns mit seiner Breite die Sicht auf diese wundersame Einrichtung. Draußen klapperte es, röhrte wie ein kaputter Auspuff und dann hob der Weihnachtsmann einen weiteren Korb ins nun schon ziemlich kühle Zimmer.

„Tut mir leid", sagte er, „die Landeklappe tut es nicht. Der Schlitten wird noch eine Runde fliegen und einen weiteren Korb herunterlassen."

Zu diesem Zeitpunkt wurde Vater dann etwas unwirsch: „Ä-hem, Weihnachtsmann, bedeutet das, dass wir noch oft das Fenster öffnen müssen?"

Mutter sah bedeutungsvoll auf die Uhr, dann ungehalten in Richtung Weihnachtsmann und ich wusste genau, dass sie Angst um ihr Essen hatte.

Uns steckten unsere Weihnachtsgedichte immer noch unaufgesagt im Hals und Onkel Willi verspätete sich weiterhin.

Dem Weihnachtsmann schien das alles ziemlich unangenehm zu sein. Er blickte so zerknirscht, wie ein Weihnachtsmann es nur kann. Gerade als er bedauernd den Kopf hin und her wiegte, auf uns Kinder sah und beteuerte, mehr als eine Lieferungen sei sicher nicht mehr zu erwarten, denn man bedenke den Zeitverlust, die vielen anderen Kinder..., da donnerte es an der Haustür.

„Potz Blitz!" rief der hohe Herr aus, „sollten jetzt doch die *Himmlischen Heerscharen* mit eingesprungen sein?" Alle rannten an die Haustür. Mitten im Schnee des Vorgartens, umgeben von silber-bunt sprühenden Fontänen standen ein Fahrrad, ein Puppenwagen und ein großer Kasten, der genau die Ausmaße der von mir so heiß ersehnten Autorennbahn hatte.

Es war nicht zu fassen!

Es dauerte ziemlich lange, bis wir den Schnee von den Reifen der Fahrzeuge abgewischt hatten, um sie bis zur endgültigen Zuteilung unter den Baum stellen zu können. Mutter duldete keine Pfützen im Weihnachtszimmer.

Trotz aller Aufregung war uns nun kalt. In unseren Festgewändern hatten wir draußen gestanden, durch die offene Haustür war der kalte Heilige Abend ungehindert in unser ganzes Haus gelangt. Gerade als wir alle eine Jacke angezogen hatten, leuchtete es erneut vor dem Fenster auf.

„Aha, der nächste Anflug!"

Wieder wurde das Fenster aufgerissen, diesmal war es ein Sack, der vor dem Fenster lag und er war so sperrig, dass Papa mit anfassen musste. Dabei stieß er den Weihnachtsmann für uns alle sichtbar energisch an und fragte geradezu rüde: „Wie oft werden wir denn noch die kalte Luft herein lassen müssen? Könnte es nicht ein wenig sparsamer für die Heizung gehen?"

Aber da musste der Weihnachtsmann ihn an die Geschichte in Bethlehem erinnern: „Schließlich gehört das Frieren in besonderer Weise zu Weihnachten. Selbst Josef hat beim Kindleinwiegen steife Finger vor Kälte gehabt." Er wandte sich an uns Kinder: „Ihr kennt doch das Lied: *Josef, lieber Josef mein, hilf mir doch wiegen mein Kindelein...?"* Weihnachten *ohne* Kälte, sei gar kein richtiges Weihnachten.

Ohne Onkel Willi schien es uns auch kein richtiges Weihnachten zu sein. Wo er nur blieb?

„Dürfen wir endlich auspacken oder dauert es noch lange?" Wir hatten nun genug von himmlischen Wundern, jetzt wollten wir irdische.

Wir durften. Der Weihnachtsmann hatte es plötzlich so eilig, dass er keine Zeit mehr hatte, um unsere Gedichte zu hören.

„Sagt sie später auf, wenn euer Onkel da ist." Wir staunten, was der alles wusste.

Nicht lange, nachdem der Weihnachtsmann fort war, kam Onkel Willi.

Inmitten von Geschenken, Papier und noch immer in warmen Jacken, erzählten wir dem ungläubig Blickenden von dem funkelnden Bescherungswunder.

Und der wundervolle Onkel konnte so herrlich darüber staunen, dass wir viele Male von all dem Wunderbaren erzählen mussten und jedes Mal vergrößerte sich das „Wunder" in unserem Bericht noch ein wenig.

Elfchen

Weihnachts-

-bäckerei, -gans,

-wunsch -mann, -baum,

-lichter -engel, -stern, –wunder,

Jesus!

Die Weihnachtskiste

„Ich möchte den Steintopf haben, hat jemand etwas dagegen?"
Uschi sah nur Zustimmung in den Gesichtern ihrer Geschwister und schob den großen Topf, in dem Oma ganz früher Gurken eingelegt hatte, zu all den Dingen, die sie für sich vor Sperrmüll und Trödelmarkt retten wollte. Es gab zum Glück keinen Streit unter ihnen um das Erbe der Großeltern. Omas Schmuck war schnell und gerecht unter den drei Enkelinnen aufgeteilt worden. Ihr Bruder Sven hatte von dem vor ein paar Jahren verstorbenen Opa Uhr und Manschettenknöpfe bekommen. Genau genommen gab es nur wenig, was sie behalten wollten oder gar brauchten. Alle vier Geschwister besaßen eigene, voll eingerichtete Haushalte. So nahmen sie sich nur einige, wenige Stücke, alles keine Wertobjekte, Andenken – mehr nicht. Andenken an Großeltern, die ihnen lange Jahre auch Elternersatz waren.
Natürlich hätten sie die ganze Wohnungsauflösung auch einem Entrümpler überlassen können. Anzeigen gab es genug, die mit besenreiner Erledigung warben, aber das erschien ihnen wie ein Verrat an der Privatsphäre ihrer Großeltern. Kein Fremder sollte in ihren Sachen wühlen.
„ Auf diese Weise können wir viel besser Abschied nehmen, als auf dem Friedhof, auch wenn es weh tut und mühevoller ist," befand Anne, die Älteste von ihnen. Als Uschi angesichts der Größe des Haushaltes Bedenken hatte, ob sie alles neben ihrer Arbeit und angesichts der Vorbereitungen für das bevorstehende Weihnachtsfest schaffen würden, machte Isa, die jüngste von ihnen, den Vorschlag:
„Lasst uns wenigstens vorsortieren, danach können wir uns immer noch

jemand zur Hilfe holen."

Nun sortierten sie vor: eine Ecke des Wohnzimmers wurde zur *Trödelecke* ernannt, in einer anderen stapelten sie *Sperrmüll*. Sven fotografierte Möbel und Maschinen für die *Zweite Hand* und *Ebay* und auf dem ausgezogenen Esszimmertisch hatte sich jeder eine Ecke für seine Sachen reserviert. So organisiert, hofften sie es zu schaffen. Was die meiste Zeit kostete, war das „Bad" in den Erinnerungen

„Ach nee, guckt mal hier!" Isa, die sich den Sekretär mit den Papieren vorgenommen hatte, hielt ein Bild hoch, „das habe ich Oma mal zum Geburtstag gemalt." Gerührt wollte sie es zu ihren Sachen legen, entschied sich dann aber doch für den Papierkorb. Anne erschien mit einem Stapel Tischdecken „Wisst ihr noch, wie Onkel Willi ein Loch in eine von Omas Tischdecken mit der Richelieustickerei gebrannt hat und sie ihm nur noch Schokoladenzigaretten in ihrer Wohnung erlauben wollte?"

Uschi blätterte in einem Fotoalbum: „Kaum zu glauben, dass Opa mal so ein Draufgänger war. Was Oma an ihm gefunden hat... Ach, seht mal hier: Oma und Opa mit unserem Vater als Baby..." Sie drehte das Bild um: „1950 unterm Weihnachtsbaum."

Anne beugte sich zu ihr. „Muss ein ganz schöner Schock gewesen sein, als er kurz danach plötzlich zur Fremdenlegion ging. Schade, dass es davon gar keine Fotos gibt."

„In Nordafrika und Indochina schossen die damals andere Sachen, als Fotos." Sven unterbrach seine Arbeit und sah auch in das Album und sagte: „Ich möchte wissen, was ihn damals bewegt hat, einfach zu verschwinden."

„Gibt es eigentlich handfeste Beweise, dass er wirklich in der Fremdenlegion war? Soldbücher oder Post?" „Bei den Papieren war nichts", antwortete Isa, die alle Akten gesichtet hatte.

„Ganz schön gemein, seine Frau einfach sitzen zu lassen und abzuhauen. Warum sie sich nicht scheiden ließ..." Anne setzte sich zu Uschi auf die Couch. „Sie sah doch so gut aus, da hätte sie doch bestimmt..."

„Ach nee, Opa war ein toller Typ und gut aussehend, das musst du zugeben. Nicht so ein Dutzendgesicht. Den hätte ich wahrscheinlich auch nicht von der Bettkante geschmissen." Isa hatte zu ihrem Opa immer ein besonders enges Verhältnis gehabt und konnte ihn am besten von allen um den Finger wickeln.

Der Opa, Kurt Brieselang, mit den Jahren ein erfolgreicher Unternehmer geworden, starb fünfundachtzigjährig, fünf Jahre vor seiner Betty. In jungen Jahren hatte er *‚nichts anbrennen lassen'*, wie man so sagt, doch niemand wusste genau, was ihn damals aus dem Haus getrieben hatte. Tatsache war, dass er fünf Jahre später und sehr viel ruhiger geworden, zurückkam und von dem Zeitpunkt an, nur noch für seine Familie da war.

„Wie gut, dass sie damals durchgehalten hat. So hatten sie doch miteinander noch viele gute Jahre", stellte Isa fest.

„Aber einfach war es mit Opa trotzdem nicht...",warf Uschi ein.

„Geldsorgen hatten sie jedenfalls nie. Die Idee mit der Schlüsseldienst-Notrufzentrale war doch Gold wert", verteidigte Isa ihren Großvater.

Uschi kicherte: „Wisst ihr noch, wie er sich immer aufregen konnte, wenn irgendwelche Ganoven mit Brachialgewalt in Häuser und Banken einbrachen? Ich höre ihn noch: *"Die hätten mich mal ranlassen sollen..."*

Anne fiel ein: „...und wie Oma dann immer sagte: *„Versuch's doch mal. Wirst sehen, die haben dich sofort am Wickel."*

Der Nachmittag ging schon zu Ende, da schleifte Isa die große Weihnachtskiste aus der Kammer ins Wohnzimmer. „Wollen wir die jetzt mal zusammen auspacken?"

„Opas Heiligtum! Meint ihr, wir dürfen...?" Anne sah irritiert auf. „Klar! Sven leg mal das Bild von Opa hin, damit er nicht sieht, dass wir an seine Kiste gehen", lästerte Uschi sofort, doch ihr Bruder lehnte solchen Blödsinn ab.

Alle waren richtig aufgeregt, so wie Kinder es sind, wenn sie etwas ganz Verbotenes tun. Anne drehte Opas Bild sicherheitshalber doch um. „Besser er sieht es nicht. Sonst spukt er am Ende noch", erklärte sie. Opas Weihnachtskiste zu öffnen war für sie geradezu sakrosankt. So lange sich die Geschwister erinnern konnten, ließ er niemanden an sie ran. Nicht einmal seine Frau wagte es nach seinem Tod, sie zu öffnen und hatte es für sich damit begründet, dass sie ja nun keinen Baum mehr haben wollte: „Ein kleiner Strauß reicht auch!"

Besagte Kiste glich einer Schatztruhe aus dem Märchen. Aus gewachstem Eichenholz, mit Metall beschlagenen Ecken und Bändern, war sie mit einem stabilen Vorhängeschloss gesichert. Nach Opas Tod hatte Oma den Schlüssel in ihrem Schmuckkasten verwahrt. Anne schloss auf. Isa und Uschi hoben den Deckel. Sven fotografierte den historischen Moment. Alle kicherten aufgeregt. Zu oberst lag die große Decke, die unter den Baum gelegt wurde. Darunter gebündelte Kerzenhalter zum Einschrauben, unzählige Lamettapäckchen, drei Kästen mit Lichterketten, eine mit kleinen Kerzenhaltern zum Klemmen, (in einigen steckten noch Kerzenreste) eine Weihnachtsbaumspitze in ihrer Originalhülle, der man die Jahre ansah, und dann acht Schuhkartons, gefüllt mit sorgfältig von Zeitungspapier umhüllten Kugeln, in Rot, Gold und Silber. Die meisten davon ziemlich groß. Das mussten sie auch sein, Opa hatte üppigen Baumschmuck bevorzugt. Seine Bäume reichten immer bis zur hohen Zimmerdecke und waren über und über mit Kugeln und reichlich Lametta geschmückt, das akkurat - Faden für Faden - über die Äste gelegt wurde. Nie kamen Süßigkeiten an den Baum, denn kein Kind sollte ihm jemals zu nahe kommen.

„Man hätte meinen können, darin sei der Staatsschatz oder wenigstens irgendetwas ganz Geheimnisvolle und nicht nur langweilige Kugeln... Die Dinger sind doch weder besonders schön noch kostbar. Warum hatte er sich nur so albern? Weshalb durfte niemand von uns da ran?" Enttäuscht wandte sich Isa wieder ab.

„Gerade du fragst das? Was du in den Fingern hattest, war doch gleich hin." Anne wusste wovon sie sprach. Ihre kleine Schwester hatte so manche ihrer Puppenmöbel auf dem Gewissen.

„Könnt ihr alles haben, verscherbeln oder wegschmeißen. Ich will nichts davon haben," verkündete die pikiert. Nun, da vom Mythos „Weihnachtskiste" nichts übrig geblieben war, wurde sie samt Inhalt zum ganz gewöhnlichen Gegenstand, den es nur noch zu entsorgen galt.

„Ich mochte diese großen tropfenförmigen Dinger nie". Anne wickelte eine silberne Tropfenkugel aus dem Papier. "Will einer von euch irgendwas davon?" Uschi hob die Hand: „Ich hätte gerne ein paar von den goldenen Kugeln." Sie suchte sich einige aus, dann räumte Sven alles wieder zusammen. „Kann von mir aus zum Trödel, samt Kiste", beschied er und ließ den Deckel fallen. Ein zartes Knirschen war zu hören. „Mensch Sven, du Grobmotoriker, die Dinger sind zerbrechlich. Was solle man denn mit zerquetschten Kugeln auf dem Trödel? Opa wusste schon, warum er da keinen ran gelassen hat." Uschi öffnete erneut den Deckel. Tatsächlich war der von Anne verschmähte Tropfen zerbrochen.

„Zum Glück nur einer..." Sie stutzte: „Das gibt's doch nicht..., das sieht aus wie..." Mit spitzen Fingern zog sie ein eng gerolltes Papier hervor und wickelte es auseinander. „Wie kommt denn der da rein?" Verblüfft hielt sie einen Tausend DM-Schein hoch.

„Der war da drin? Zeig mal her, ist der echt?" Sven hielt ihn gegen das Licht und prüfte die Papierqualität. „Sieht aus, als ob er wirklich echt wäre", verkündete er fassungslos.

„Doch 'n Staatsschatz? Was meint ihr, ob in den anderen auch was drin steckt?" Isa griff sich eine Kugel, zog die Kappe mit der Aufhängung ab und linste hinein.

„Nicht kaputt machen! Ich hole einen Schaschlikspieß. Wir stochern erstmal", schlug Anne vor, doch da hatte Isa schon mit der flachen Hand drauf gehauen und pulte zwei eng gerollte Tausendmarkscheine aus den Splittern.

Nun gab es kein Halten mehr. Nach knapp fünf Minuten lagen die Scherben von siebenundfünfzig zerstörten Christbaumkugeln, einer Spitze und annähernd siebzigtausend Mark in verschieden großen Scheinen vor ihnen. Ungläubig starrten alle darauf.

„Mensch Opa, wer hätte das gedacht...Darum also..." Uschi schüttelte den Kopf.

„Was machen wir damit? Das ist doch bestimmt nicht legal erworben". Anne blickte richtig ängstlich. „Wenn wir das umtauschen, kommt doch raus, dass Opa..."

„Schwarzgeld hatte? Na und!" Uschi zuckte die Schultern. „Das ist doch längst verjährt. Wir tauschen es in kleinen Portionen bei der Bank um. Was können wir dafür, wenn unsere Großeltern im Strumpf gespart haben?"

„So sehe ich das auch", stimmte Sven ihr zu.

„Na gut, wenn ihr meint..." Isa wischte die Scherben zusammen und stopfte das Papier in eine Mülltüte. Als sie die leeren Kartons zerreißen wollte, erregte eine sorgfältig zusammengefaltete alte Zeitungsseite ihr Interesse. Sie begann zu lesen und rief pötzlich: „Leute, es könnte auch ganz anders gewesen sein. Hört mal: *Rätselhafte Einbruchserie. Bargeld in großer Höhe erbeutet. Keine Einbruchsspuren an den Türen.*"

Ungläubig blickte die anderen zu ihr.

Anne fasst sich als erste: „Du spinnst! Weißt du, was das bedeuten würde? Unser Opa ein..."

„Also ich kann mir Opa als Einbrecher vorstellen! So geschickt wie er war..." Uschi griff nach der Zeitung. „Zeig mal her. ..., Mist, das meiste vom Datum fehlt. Hier steht nur noch 1951."

Anne unterbrach sie: „Da habt ihr `s! Da ist doch nie und nimmer von Opa die Rede. 1951 war er doch schon abgehauen!"

„So unmöglich ist das gar nicht", schaltete Sven sich ein. „Oma hat immer erzählt, dass das Schlimmste neben der Ungewissheit die Kohlenschlepperei war. Als ihr Mann verschwand, herrschte nämlich besonders starker Frost. Zu Weihnachten 1950 war er noch da... Die Meldung könnte sehr gut von Anfang Januar oder Februar 1951 stammen."

„Nun mach mal 'nen Punkt. Unser Opa war kein Einbrecher! Außerdem...", triumphierend hielt Anne einen Schein hoch – „der ist von 1964, nichts mit Einbruch 1951... Trotzdem, irgendwie komisch ist das alles. Ob Oma wusste, was in den Kugeln steckte?"

„Oder in Opa?"

Alle saßen verunsichert rum. Niemand konnte sich über den Schatzfund so richtig freuen. Was sollten sie tun?

„Ich fege jetzt auf und dann mache ich Schluss", erklärte Isa. Sprach `s und holte den Besen.

Auch die anderen erhoben sich und begannen ihre Sachen zusammenzupacken. Uschi strich ein Stück Zeitung glatt, um darin eine kleine Vase einzuwickeln.

„Nee, ... das ist ja..., So viele Zufälle gibt es doch gar nicht!" Sie wedelte mit dem Blatt „Das ist von 1966 und ob ihr's glaubt oder nicht, hier steht ‚*Einbruch in stadtbekanntes Bordell. ... Über die Höhe der Beute kann nur spekuliert werden. Die äußerst professionell geöffnete Sicherheitstür schränkt den Kreis der Täter deutlich ein'*...Ihr könnt ja sagen, was ihr wollt. Das klingt sehr nach Opa!"

„Das Bordell?"

„Quatsch, ‚*die äußerst professionell geöffnete*' Tür natürlich. Ich sage euch was:" Uschi blickte in die Runde, „Unser Opa war alles andere als ein Weihnachtsengel".

Isa schüttete die Scherben energisch in einen der leeren Schuhkartons: „Na und? Ist alles lange her!"

„Schöne Bescherung", war alles was Anne dazu einfiel.

„Du sagst es, Schwesterlein. Lasst uns mal ein paar Nächte darüber schlafen und dann entscheiden wir, wie's weitergeht. Ich bin für teilen und schweigen." Sven zog seinen Mantel an. „Das Geld nehme ich so lange an mich."

„Und wenn die Scheine registriert sind? Es muss doch einen Grund gegeben haben, dass Opa sie versteckt hat. Warum stopft einer so viel Geld in Christbaumkugeln?" Uschi war hin und her gerissen zwischen Behalten und Abgeben. Grob gerechnet siebzehntausend Mark kämen auf jeden, das wären irgendwas um achttausend Euro. Damit ließe sich schon etwas anfangen...

Misstrauisch beäugte sie ein anderes Stück Papier, bevor sie die kleine Vase darin verpackte.

„Vielleicht hat er auf die Verjährung gewartet." Isa traute ihrem zu Lebzeiten vielleicht nicht nur geschäftstüchtigen Großvater jede Raffinesse zu. Gleich wandte sie sich an Sven und bat ihn, sich bei seinem Freund Heinz mal ganz harmlos nach der Verjährung von Straftaten zu erkundigen: „Er soll mal nachlesen, ab wann Erben straflos 'ne Beute behalten dürfen. Der ist doch angehender Jurist. Da wird er so etwas ja rauskriegen."

Sven versprach sich darum zu kümmern und ging, bevor noch andere Dinge ans Tageslicht kommen konnten.

Drei Tage später, am Freitag vor dem vierten Advent trafen sie sich wieder. Mitten im Chaos hatte Uschi den Tisch gedeckt. Gespannt warteten die Schwestern auf ihren Bruder. Sein Mantel hing kaum am Haken, da bestürmten sie ihn schon, doch endlich zu sagen, was er in Erfahrung bringen konnte. „Kennt sich Heinz aus in Strafrecht und Eigentumsdelikten und was dazu gehört?" Uschi hatte drei schlaflose Nächte hinter sich. Sie konnte Opas Bild gar nicht mehr ansehen ohne an dunkle Geheimnisse zu denken und war richtig froh, dass sie erst jetzt, nach Omas Beerdigung, darauf gestoßen waren. Was hätte sie nur für ein Gesicht machen sollen, als alle nach der Beisetzung beim Kaffeetrinken von den Großeltern geredet hatten. Von Oma, wie sie das alles gemeistert hatte, als ihr Mann verschwunden war. Von Opas

Wandlung durch die Fremdenlegion, wie gut er für alle gesorgt hatte... Wenn die wüssten...

„Also", Sven stellte seine Aktentasche neben den Stuhl und begann: „Heinz ist sich ziemlich sicher, dass nach über dreißig Jahren niemand mehr von uns verlangen kann, das Geld zurückzugeben - selbst wenn es nachweisbar aus einem Einbruch stammt, was ich nicht glaube. Ich war heute extra im Landesarchiv und...", er griff sich eine Marzipankugel, trank einen Schluck Kaffee und blickte triumphierend in die Runde, „habe dort mal in die Zeitungen von 1966 geguckt."

Nun suchte er sich einen Pfefferkuchen und genoss die gespannten Gesichter seiner Schwestern. „Es gibt überhaupt keinen Hinweis darauf, dass unser Opa bei dem Bordellraub seine Finger im Spiel hatte! Täter und Beute blieben unauffindbar.

Aber das kann uns sowieso egal sein, denn", nun grinste Sven seine Schwester an, „selbst wenn Opa es dort geklaut hätte, liebe Uschi, meinst du, in einem Bordell notieren sie die Nummern der Geldscheine?"

„Das ist nicht mein Gebiet", antwortete die schnippisch und biss energisch in eine Printe.

Ihr Bruder fuhr fort: „Warum also bleiben wir für euren Seelenfrieden nicht bei der Schwarzgeldvariante? Ist auch nicht legal, aber daraus kann uns heute auch keiner mehr 'nen Strick drehen. Offiziell, also bei der Bank, werden wir nur von Omas Erspartem sprechen. Soll mal einer angesichts der Bankenkrise etwas gegen den guten alten Sparstrumpf sagen. Einverstanden?"

Die Schwestern nickten.

„Na dann", er holte eine Flasche aus seiner Aktentasche: „Wer weiß in welcher Kiste die Gläser stecken?"

„Dass er Schwarzgeld versteckt hat, will ich mir gerne vorstellen, aber das andere... Nee, niemals! Mein Opa war kein Krimineller", verkündete Anne entschlossen beim Eingießen.

„Da wäre ich mir nicht zu sicher! Warum und wohin er damals verschwand, ist auch weiterhin unklar", erinnerte Uschi.

Isa stellte Opas Bild wieder auf. „Was ich nicht weiß, macht mich nicht heiß! Prost Opa und Danke für das schöne Weihnachtsgeschenk!" Sie hielt kurz inne und sagte „Wenn wir die Kugeln vertrödelt hätten... Nicht auszudenken!"

Dann prostete sie ihrem Bruder zu „Scherben bringen wirklich Glück!"

Weihnachtsknigge für Kinder

herausgegeben von Heide Binner

Weihnachten ist 's Kindespflicht,
ein Gedicht zu sagen
und zu nicken, wenn sie dich
ob du *lieb warst*, fragen.

Schiel dabei auf keinen Fall
nur zu den Geschenken –
mach ein andächt'ges Gesicht,
beim „ans Christkind" denken.

Reiß' nicht am Geschenkpapier!
Öffne brav den Knoten.
Merke: unfein ist die Gier-
Drängeln heut` verboten!

Für die Bunten Teller gilt:
nur vom Eignen naschen –
lasst dich beim Stibitzen nicht
vom Fremden überraschen.

Nach dem Freuen musst du dich
brav rundum bedanken,
und Geschwister sollen sich
heute mal nicht zanken.

**Heide Binner mag
Das schöne Papier!**

Rita schlüpfte in ihre Pantoffel, holte leise den Morgenmantel aus dem Schrank und schlich hinunter ins Wohnzimmer. Alle schliefen noch – Tom, ihr Mann, die drei Töchter und zwei Schwiegersöhne. Sie kampierten, wie schon in den letzten vier Jahren, in den alten Kinderzimmern. Nachher würden sie alle zusammen die Weihnachtsfeierlichkeiten mit einem gemütlichen Lachsfrühstück um die Mittagszeit herum ausklingen lassen, ihre Geschenke in die mitgebrachten Wäschekörbe packen und den eigenen Wohnungen und weiteren Verabredungen zustreben.

Staunend blieb sie in der Tür stehen. „Nicht zu glauben, was die Beleuchtung ausmacht", dachte sie. „Gestern Abend, heute Nacht - im verlöschenden Kerzenlicht - sah alles viel gemütlicher aus!"

Auf Tischen, Sideboard, Klavier, dem Ofen, Blumenfenster und den Sesseln lagen Geschenke und Verpackungen, standen Gläser und leere Flaschen, Nussschalen, Bunte Teller... Und unter dem Tisch erst....

In den Polstern eines Sessels steckte der Fotoapparat. Rita nahm ihn und sah sich die Bilder des Heiligen Abends an und fand ihren Eindruck bestätigt: Die Unordnung störte nicht, sie unterstrich nur die fröhliche Ausgelassenheit und üppige Fülle ihrer Feier. Seufzend begann sie aufzuräumen, trug sämtliche Gläser und Flaschen in die Küche, brachte die Klappstühle in den Keller und stapelte alle Geschenke auf einer Couch. Jeder würde nachher seine schon herausfinden. Dann widmete sie sich dem Hauptpunkt dieser Unordnung, dem Papierberg unter dem großen Wohnzimmertisch. Hier häuften sich Geschenkpapiere, Bänder, Anhänger, Originalverpackungen - kurz alles, was vorher die Geschenke mehr oder minder kunstvoll umhüllt hatte. Das durchzusehen würde Zeit kosten. Ritas Blick suchte die Uhr – halb neun, noch mindestens eine Stunde würde es dauern, bis Leben in die Bude käme - also machte sie sich frisch ans Werk!

Noch vor drei Jahren hatte man sie wegen ihres „Papierticks" verlacht, aber das hatte sich dann geändert:

„Silke, gib mir mal deinen Autoschlüssel!" Frank kramte damals in seinen Taschen und ließ den Blick suchend durch den Raum schweifen. „Ich kann meinen nicht finden." Die *Kinder*, wie Rita ihre durchaus erwachsene Brut noch immer betitelte, machten sich bereit, ihren eigenen Behausungen zuzustreben. In Waschkörben und Tüten trugen sie ihre Geschenke zu den Autos. Wenn sich eine große Familie gegenseitig beschenkt, kommt allerhand zusammen. In jedem Jahr versicherten sie sich zwar gegenseitig, dass es nicht so viel sein müsse, doch niemand war in der Lage sich beim Schenken zu beschränken. Ihr Weihnachtsfest war stets eine laute, üppige, fröhliche Angelegenheit. Rita und Tom liebten es genau so! Besinnlichkeit lag ihnen nicht. Auch, dass alle Töchter samt Partnern danach unter ihrem Dach schliefen und sich am späten Vormittag zum Lachsfrühstück noch einmal um den großen Esstisch versammelten, gehörte dazu.: „Uff, Ruhe!" Es war kurz nach fünfzehn Uhr, als Tom die Haustür hinter seiner Jüngsten schloss und sein Weib in den Arm nahm. „Fröhliche Weihnachten, mein Schatz, das hätten wir mal wieder geschafft." Aufseufzend ließ er sich in einen Sessel fallen. „Erst die Arbeit, dann 's Vergnügen!" scheuchte ihn Rita sofort wieder hoch. „In dem Chaos kann ich nicht sitzen. Kümmere du dich um den Staubsauger, und ich räume die Küche auf" verteilte sie die Arbeit. So geschah es. Eine Stunde später genossen beide im warmen Schimmer der Weihnachtskerzen die Festtagsruhe. Rita lehnte sich wohlig an den warmen Ofen und ließ in Gedanken noch einmal den

Heiligen Abend vorüberziehen –Geschenke und Beschenkte...

„Hoffentlich passt Uwes Hemd wirklich zu dem Pullover. Was meinst du?"

„Wird schon" wiegelte ihr Gemahl alle Bedenken ab. "Sonst tauscht er es eben um. Der Bon lag ja in der Tüte." Beruhigt wandte sich Rita ihrem neuen Buch zu, dann aber fiel ihr noch etwas ein. „Hilfst du mir, vielleicht morgen, meinen iPod in Betrieb zu nehmen. Die Gebrauchsanweisung... Ich verstehe die nie...." Tom war sofort bereit. "Komm, gib das Ding mal her, das machen wir gleich." Rita reichte ihm das kleine Gerät und sah sich um: „Die Bedienungsanleitung muss im Kasten sein."

Mit der Festtagsruhe war es vorbei, die Sucherei ging los. Schließlich, als Rita schon beim Altpapier im Keller nachsehen wollte, fand Tom die Originalverpackung auf dem Blumenfenster hinter der Couch und gemeinsam vertieften sie sich in das Studium des kleinen Heftchens.

Ein Telefonanruf unterbrach die Idylle. „Mama, Silke hier. Habt ihr Franks Autoschlüssel beim Aufräumen gefunden? Wir haben schon überall gesucht..."Auch ihren Eltern war er nicht in die Hände gefallen. „Ich kann ja zur Sicherheit noch die Papierkiste durchsuchen" bot Rita an.

Alles Geschenkpapier hatten sie am Abend zuvor zwecks Entsorgung in eine große Kiste gestopft. Früher schmerzte sie dieser Vorgang immer entsetzlich. „Ach nicht doch.., das schöne Papier...!"Wie oft entfuhr ihr dieser Ausruf, wenn jemand rüde die hübsche Verpackung zerriss. Sie war nun mal ein Kind ihrer Zeit und zu der ging man noch sparsam mit solchen Dingen um. Ihre Familie quittierte diese Sparsamkeit jedoch nur Augen rollend und tat sie als milde Form von Geiz ab. Seitdem das Papier von Aldi allerdings so preiswert war, fiel auch ihr das Wegwerfen beinahe leicht.

„Kannst du nicht", sagte Tom, als sie den Hörer aufgelegt hatte, „es gibt keinen Karton im Keller mehr. Ist alles schon im Ofen! Ich habe es vorhin zum Anzünden benutzt."

Am nächsten Morgen fanden sie beim Entleeren der Asche die ausgeglühten Reste des Schlüssels und einen verbogenen Drahtstern. Der Kassenbon von Uwes Hemd, eine Garantiekarte und die Gebrauchsanweisung von Jettes Handmixer blieben unauffindbar. „Sie werden wohl auch den Weg durch den Schornstein genommen haben", vermutete Rita. Seither lag die Entsorgung der Verpackungen wieder in ihren Händen. Sie war's zufrieden. Das eine oder andere schöne Papier, Schleifenbänder und Anhänger erhielten auf diese Weise eine zweite Chance.

Heide Binner staunt immer über die
Menschwerdung

Grad' zur Weihnacht menschelt es
nun mal überall -
nicht nur einst in Bethlehem
nächtens in dem Stall.
Damals wurde Gott ein Mensch,
um uns nah zu sein,
lässt uns, wo wir immer sind,
seither nicht allein.
Kennt uns, weiß, wie 's um
uns steht,
liebt uns, wie wir sind:
eigensinnig, stolz und stark
oder schwach, wie 'n Kind.

INHALT

INKOGNITO 4
KOMMT ER? 10
GOTTES WEGE SIND SELTSAM 11
WEIHNACHTLICHE REIMSPIELE 16
ADVENTSBELEUCHTUNG 21
...UND ES LEUCHTETE UM SIE 22
WEIHNACHTSWUNSCH 27
DER WEIHNACHTSSTERN 28
ADVENT 37
ENGEL 38
DAS WEIHNACHTSREZEPT 43
ONKEL ARTHURS WEIHNACHTEN 44
7. JANUAR - FRAGEN ZUR GESCHICHTE: 51
WENN MARIA ZU UNS REDEN KÖNNTE, DANN.... 52
ES WURDE LICHT 59
WATTEBART UND BERMUDASHORTS 60
TANNENSCHICKSAL 67
STI(E)LVOLL 68

HAUSFRAUENWEIHNACHT	74
SCHACH DER ZWEISAMKEIT	75
ENGEL GIBT ES ÜBERALL	82
WUNDERVOLLE WILLI-WEIHNACHT	83
ELFCHEN	91
DIE WEIHNACHTSKISTE	92
DAS SCHÖNE PAPIER!	104
MENSCHWERDUNG	108